Alexandre Diego Gary

S.
ou L'espérance
de vie

Gallimard

Alexandre Diego Gary est né en 1963. Il est le fils de Romain Gary et de Jean Seberg. Il a fait des études de troisième cycle de littérature comparée. Après plusieurs années de travail en tant qu'assistant de production dans l'audiovisuel, il quitte la France en 1999 pour s'installer à Barcelone et ouvrir un café-galerie-librairie. Sa passion a toujours été la littérature et *S. ou L'espérance de vie* est son premier roman publié.

« Les mots qui vont surgir savent de nous des choses que nous ignorons d'eux. »

RENÉ CHAR
Chants de la Balandrane

« S'il pouvait penser, le cœur s'arrêterait. »

FERNANDO PESSOA
Le livre de l'intranquillité

J'aimerais commencer par une belle black de phrase, bien roulée, saphique et sophistiquée, une phrase que l'on aurait envie de caresser, contre laquelle on voudrait se blottir, se frotter, dont on souhaiterait épouser les contours. Mais les circonstances, les Événements, ne le permettent pas. Et les mots qui vont surgir se révèlent plus prosaïques, plus pauvres que je ne l'aurais voulu. Ils ont toutefois le mérite d'aspirer à dire la vérité, sans fioritures, sans détour. Vérité que voici : ce n'est pas une vie, c'est une rature. Mon existence ressemble à une succession de mots rayés jusqu'au sang, biffés jusqu'à la moelle. Au point que le papier sur lequel je les couche, sur lequel ils gisent, s'en trouve déchiré, troué par endroits.

Ils forment un petit amas, un entrelacs de signes enserrés dans les barbelés d'encre qui les noircit jusqu'à les effacer, ou presque. Je les imagine autour de moi, enchevêtrés, tous ces mots nuls et non avenus, qui ne pensent, qui ne veulent rien dire. Ils m'entourent, m'enferment, m'emprisonnent, pareils à un petit camp de concentration fait sur mesure, pour me réduire au silence.

Alors, assis, je les observe. Et je les imagine se mettant en branle et se transformant en wagons. Je les regarde et ils composent dès lors ainsi un train qui pourrait faire le tour de la terre. Et voyant s'éloigner ces taches sombres, je retrouve la liberté de m'exprimer.

J'ai trente ans — cela fait quinze années que j'ai trente ans — et je m'appelle Sébastien Heayes. J'aime mon nom. J'ai l'impression qu'il forme un abri, un refuge, un camouflage. Bien entendu ce nom qui me protège n'est pas mon vrai patronyme. En réalité je me nomme David Alejandro. Mais ce nom est devenu trop difficile à porter. D'emblée, il m'expose. À toute une vie. À toute une histoire. Deux vies. Deux histoires. Celles de mes parents. Qui furent célèbres. Et dont le nom, justement, est passé à la Postérité. Et la postérité, pour ceux qui restent, ce n'est pas une vie.

En provenance de Paris, il faisait encore nuit quand il est descendu du train à la frontière à Irūn. Dans l'aube pâle du petit matin qui s'esquissait, il a eu le temps de boire un café au buffet de la gare sans âme, avant de s'engager dans le passage souterrain qui conduisait au quai où se trouvait El Topo, le train qui devait le mener jusqu'à San Sebastián. Il portait un vieil imperméable beige et une mallette à la main lorsqu'il est sorti de la Estación del Norte, avenida de Francia.

Trois quarts d'heure s'étaient écoulés durant lesquels il avait vu le jour se lever à travers la vitre du train, par petites touches, comme si on effaçait des lambeaux de nuit, pour laisser se dessiner un jour relativement clair, taché de nuages bleutés. Il a traversé le pont María Cristina et s'est engagé d'un pas lent dans le paseo de Los Fueros qui longe le fleuve Urumea jusqu'à la mer. L'eau était jaunâtre. Quelques poissons luttaient contre le faible courant et il est resté un long moment accoudé à la balustrade en fer forgé, l'esprit agité par des souvenirs dont il n'était pas sûr qu'ils fussent les siens. Cela se passait comme s'il lisait dans les pensées de quelqu'un d'autre, comme s'il éprouvait les émotions d'un alter ego inconnu. Il n'était ni effrayé ni même étonné par ces pensées hétérogènes qui l'envahissaient. Cela lui paraissait normal, comme faisant partie du cours des choses. Cela coulait de source, comme ce voyage au Pays basque espagnol, qui avait été décidé à la dernière minute. De même il lui semblait normal de connaître la topographie de cette ville où il ne se souvenait pourtant pas d'avoir jamais mis les pieds et sur laquelle il n'avait pris aucun renseignement.

Les images qui le traversaient évoquaient des montagnes au creux desquelles coulaient des rivières limpides où l'on s'imaginait que les pierres dissimulaient des pépites d'or. Il s'agissait d'images mythiques de l'Oregon de mon enfance. Mais cela, lui ne le savait pas, ne pouvait le deviner. Simplement, à huit heures du matin, contemplant le fleuve Urumea, il était envahi par ces images, absorbé par mes souvenirs.

J'avais sept ans lorsque je séjournais dans l'Oregon avec ma mère. Depuis, trente-huit années exactement se sont écoulées. Mais les images des vertes montagnes aux arbres gigantesques, des cours d'eau où le petit enfant que j'étais s'imaginait chercheur d'or, du village de cow-boys où se déroulait le tournage du film demeuraient intactes, immaculées, dans mon esprit. Ce village, bâti par les studios de Hollywood pour tourner des westerns, avec son shérif, son maréchal-ferrant, son saloon, constituait un rêve éveillé pour l'enfant, habillé en cow-boy bien entendu, que j'étais. Un hélicoptère rouge venait nous chercher chaque jour (du moins quand je n'allais pas à l'école), ma mère et moi, près de la villa que la production avait mise à notre disposition dans la petite ville de Baker et nous emmenait au petit matin plus d'un siècle en arrière, en plein Far West.

Parmi les archives que je possède se trouvent des photographies non seulement de ma mère et moi, d'Eugénie, de Célia la domestique, mais aussi de mon père dans cette montagne de l'Oregon. Barbu, il porte une épaisse chemise en laine à carreaux bleus et il se tient face à un ours, aussi haut que lui, dressé sur ses membres postérieurs, nez à nez, ours brun qui devait faire partie du tournage.

L'homme qui se tient accoudé, la tête penchée vers le fleuve Urumea, n'a aucune idée précise de la signification de tout cela. Il revoit les pierres dorées de mon enfance, mais il ignore que c'est pendant ce séjour dans le nord-ouest de l'Amérique que j'ai été le plus proche de ma mère et que cela reste pour moi un souvenir sans prix même si c'est là aussi que mon père a tenu une conférence de presse annonçant que lui et ma mère divorçaient, parce qu'elle avait eu une aventure avec Clint Eastwood, l'autre vedette du film avec Lee Marvin.

L'homme qui s'éloigne désormais du fleuve pour s'engager sur sa gauche dans l'avenida de la Libertad doit savoir qu'avant d'être une longue existence médiocre, solitaire si l'on excepte la compagnie des femmes, une vie que l'on peut considérer comme un échec s'il n'y avait le triomphe d'avoir survécu, mon existence, je le dis avec la plus grande modestie, a toujours été un peu hors du commun. Pas de mon fait. Mais à cause de mes parents. Parce que ma mère était une actrice d'une ineffable beauté, dont le visage domptait la lumière comme d'autres domptent des animaux féroces, et que son nom est devenu mythique pour les cinéphiles. Parce que mon père, en tant qu'écrivain, est entré dans la légende. Parce que tous deux, enfin, sont partis de leur propre volonté, mettant fin, l'un après l'autre, à leurs jours. Et désormais, arrivé à l'âge d'homme, à l'âge de la maturité, un choix se présente à moi : fermer ma gueule, à jamais, sur les Événements, sur ce qu'est et sur ce que fut ma vie, ou l'ouvrir, sans doute dans l'espoir de reconquérir un peu de ma dignité, mais en courant le risque qui me semble le plus grave pour moi, celui de l'impudeur et de l'indécence. Coucher ou pas. Pour y arriver. Coucher

sur le papier qui peut être une manière de prostitution bien plus grave que de souiller des draps
dans un hôtel de passe avec un inconnu, pour
quelques dizaines d'euros.

Coucher ou pas. Ce n'est sans doute pas la
question que se pose l'inconnu à l'imperméable
élimé qui se trouve désormais attablé au café, à la
lumière trop crue, de l'avenida de la Libertad, en
attendant l'agent de location qui doit lui remettre
les clefs de l'appartement. Un peu plus d'une heure
à tirer, pour en arriver à celle du rendez-vous.
L'homme est fatigué. La nuit a été courte dans le
train. Et il se sent parfaitement étranger dans ce
décor chromé qui semble dater des années soixante-
dix, parmi les serveurs et les serveuses aux gilets
pas très nets, rayés de vert, de noir et de blanc,
parfaitement étranger dans cette ville où, lui, n'a
jamais mis les pieds et dont il ignorait jusqu'à
l'existence la veille encore.

Je ne sais pas si c'est un homme très cultivé.
Mais il connaît le nom de mes parents. Celui de
ma mère, Jean Seberg, parce qu'il l'a vu traîner
dans un journal à sensation et, aussi, à cause
d'une coupe de cheveux. Celui de mon père parce
qu'on a beaucoup parlé de lui pour le vingt-cin-
quième anniversaire de sa mort.
À peine assis à la table du café l'Homme de San
Sebastián est assailli par les mots. S'immisce dans
son esprit un véritable déluge de mots. Parfois ce
sont des mots solitaires, comme des sentinelles de

l'âme, les gardiens de toute une vie. Puis ce sont des phrases entières, pour certaines il reconnaît les citations de romans qu'il a lus il y a si long-temps qu'il n'aurait pu imaginer en conserver la trace en lui. Ce sont aussi des vers, de Baudelaire, de Verlaine, de Rimbaud, qui lui sont familiers. Il se tient la tête entre les mains, envahi par cette marée de mots anciens, il a le sentiment d'étouf-fer, de se noyer dans une mer de cendres. Puis un paragraphe s'installe en lui, s'empare de toute sa personne. Il ne peut s'empêcher de le murmurer à mi-voix : « C'était une aube mauvaise de septembre, mouillée de pluie : les pins flottaient dans le brouillard, le regard n'arrivait pas jusqu'au ciel. »

Il reconnaît aisément ce passage. Il s'agit du début du premier livre d'Ivan Alejandro. Il est surpris de l'avoir identifié, lui dont la mémoire a été depuis des années grignotée, rongée par la douleur. Il ignore comment il le sait mais il se souvient que l'écrivain a gardé cette première page manuscrite par-devers lui. Avec une brûlure, une tache roussie au milieu. L'Homme de San Sebas-tián ne comprend pas comment il sait tout cela. Mais il s'incline, chapeau bas, devant cette phrase, ouverture de l'œuvre à venir. Puis soudain par un brusque revirement qui le dépasse c'est la colère qui le gagne et, intérieurement, il rugit.

— Silence ! On ne s'entend plus penser. Silence les morts malgré tout le respect que je vous dois. Maintenant c'est à moi de prendre la parole. Laissez-moi juste en toucher un mot. De toi, d'elle, de moi. Moi surtout, avec toute la modestie, toute l'humiliation due à mon rang. Mon rang de pro-géniture, de rien du tout, de moins-que-rien. Ni diplomate. Ni aviateur. Ni grand-écrivain. Simplement vivant. Désespérément vivant, aspirant à vivre, enfin, après toutes ces années de pénombre. Il n'y aura pas un mot désobligeant, ni pour toi ni pour elle. Je ne me permettrais pas. Jamais. Mais laisse-moi juste ne serait-ce que susurrer, murmurer, souffler, oui, comme un souffleur, oui, comme un souffleur de théâtre qui inventerait le texte au fur et à mesure. Au fil des mots. Il y a une partie de moi qui se trouve à San Sebastián, au Pays basque espagnol. Un autre moi-même ? Sans savoir pourquoi. Sans savoir qu'y faire. Pour l'instant, la seule information dont il dispose, c'est qu'on doit lui remettre les clefs d'un appartement, face à la mer. Il est comme une autre partie de moi qui a vécu longtemps dans un appartement austère, aux sols en ardoise noire, chargé de meubles et de souvenirs qui venaient de vous. C'était un appartement qui s'est vidé de son sang, goutte à goutte. Je faisais disparaître chaque jour un objet, un livre, un tableau, un bibelot dont j'avais hérité. Jusqu'à ce qu'il ne reste plus rien provenant de vous.

Ensuite, c'est jusqu'à mes propres gestes qui ont été dérobés, notamment le mimétisme qui me venait de toi, mon père. Enfin, c'est jusqu'à la parole dont j'ai été privé, me laissant seul et aphasique, perdu dans Paris.

La tristesse est un guide aveugle (comme un chien de mal-voyant qui lui-même n'y verrait goutte). Elle m'a conduit à errer tel un somnambule dans le grand appartement encombré de fantômes et d'objets d'un passé jamais révolu. Elle m'a fait connaître la plus noire des nuits blanches. Elle m'a conduit dans les bas-fonds de Barcelone, en marge de la marge, dans l'espoir insensé de lui échapper, de me mutiler de vous.

L'appartement se trouvait rue du Faubourg-Saint-Germain. Il était vaste, avec des plafonds très hauts et des sols en ardoise noire. Il donnait sur une voie privée d'un côté, sur la rue de l'autre. De ton bureau on voyait trois marronniers et un atelier d'artiste, posé vers le fond de la cour.

Tu as écrit une partie essentielle de ton œuvre dans ce bureau où régnait une large table, en ardoise noire elle aussi, et sur laquelle étaient posés, en dehors de ta panoplie de stylos rangés dans un étui à cigares en cuir noir et de la machine à écrire qu'utilisait ta secrétaire, une boule de cristal, un hippopotame en faïence et les effigies en bois sculpté de Don Quichotte et de Sancho Pança. Et une lettre ainsi qu'une photographie de ta mère.

Tu travaillais à heures fixes. Tu commençais à huit heures, après avoir endossé ton déguisement de la journée et être allé prendre un café au petit bar du coin de la rue. Tu m'as toujours dit que je pouvais pénétrer dans ce bureau, te déranger dans ton travail, à tout moment. Tu n'en sortais que pour le déjeuner, que nous partagions en tête à tête. Lorsque tu étais en période d'écriture, de gestation, tu m'accueillais d'un sourire et d'un « Comment ça va au lycée ? », puis tu repartais dans tes pensées, irrémédiablement ailleurs, absent, envahi.

Lorsque tu n'écrivais pas, il t'arrivait d'être plus loquace, de plaisanter, de me parler, un peu goujat, des compétences au lit de ta maîtresse du moment, de t'inquiéter davantage de ce qu'il advenait de moi, ou de me raconter une vieille blague juive. Mais souvent aussi, la dépression ou la mélancolie te plongeait dans le silence.

Je t'embrassais, en quittant la table, nous échangions un bref « Salut, p'pa — Salut, fiston » et je repartais pour le lycée tandis que tu allais t'allonger, avec tes grands cahiers noirs, et écrivais couché, dans une semi-pénombre. Plus tard, tu t'installais à nouveau dans ton bureau, face aux marronniers, et tu écrivais encore, ou dictais à la secrétaire, jusqu'au soir, moment où tu prenais un bain et te rasais avant le dîner. Il te fallait t'interdire d'écrire le soir. Pour ne pas t'épuiser. Pour raison garder, comme tu aimais à le répéter si souvent.

J'ai passé de longues heures dans ton bureau après ta mort, assis dans ton fauteuil pivotant en cuir clair. Je sentais ton odeur, qui demeurait, qui persistait et que j'ai toujours retrouvée, comme par magie, chaque fois que j'ai été amené, bien des années plus tard, à repasser dans l'appartement.

Derrière ton fauteuil, un grand miroir. Sur la gauche, un de mes poèmes maladroits, accroché au mur. En face, un canapé beige, en cuir également. Et sur la droite du canapé, plaqué au mur, un panneau de bois recouvert de photographies, de toi, de moi, de ma mère, de nos nombreux animaux. Quelques articles de presse aussi, le plus souvent des témoignages de notre humaine bêtise, de nos désastres. Je ne pouvais plus regarder ce patchwork de photos, après votre mort. Je restais figé, à contempler les marronniers. Cela faisait trop mal. Mais parfois mon regard se posait sur ce qu'il y avait sans doute de plus essentiel, sur ton bureau : une photographie de ta mère, âgée, les cheveux blancs, et sa dernière lettre, encadrée, qui se terminait par un « sois dur, sois fort » que tu m'as traduit du russe, répété à d'innombrables reprises. Sois dur. Sois fort. Mais avec qui faut-il se montrer dur et fort, soi-même ou les autres ?

L'Homme de San Sebastián tient sa tête entre ses mains, les deux coudes appuyés sur la table. Il se répète ces mots : « Sois dur, sois fort. » Il a le sentiment d'avoir failli. Il se sent gagné par la douleur, la peine. Le martèlement de mots est trop intense. La douleur lui tord le ventre et irradie à travers tout son corps. Lui, à l'accoutumée si serein, si posé, éprouve l'envie de se mettre à crier, de se mettre à hurler toutes les lettres de l'alphabet en un aveu définitif d'impuissance. Il endure le sentiment angoissant, que je connais bien, de n'être fait que de mots, que sa morphologie même est une composition de signes, de caractères d'imprimerie.

Fort heureusement, l'employé de l'agence immobilière a fait son entrée à cet instant dans le café, l'arrachant à sa souffrance. Comme l'établissement était presque vide à cette heure de la matinée, l'homme s'est dirigé directement vers lui et l'a interrogé sur son nom :

— *Si, buenos días, soy yo. Mucho gusto.*

L'Homme de San Sebastián a été le premier

surpris de s'entendre parler l'espagnol à la perfection.

— Vous permettez ? a demandé l'homme de l'agence de location, désignant un siège.

— Je vous en prie, lui a répondu l'Homme de San Sebastián.

L'agent immobilier s'est assis en face de lui. Il a tiré de son attaché-case le contrat de location, le contrat d'assurance et les clefs.

L'Homme de San Sebastián a signé les documents, réglé en argent liquide le montant de la location et de la caution et l'agent immobilier lui a remis les clefs, en même temps qu'un état des lieux et un imprimé où était indiqué le fonctionnement des appareils électroménagers. Puis il a proposé à l'Homme de San Sebastián de l'accompagner jusqu'à l'appartement mais celui-ci a refusé poliment en mentant, en prétendant qu'il connaissait déjà l'immeuble. L'idée de déambuler avenida de la Libertad, vers la Concha, puis le long de la calle de Zubieta, en étant tenu de faire des frais de conversation avec l'agent immobilier l'épuisait d'avance. Il avait besoin de silence. Que cesse le tintamarre. C'est le silence, cette quiétude, qu'il était venu chercher à San Sebastián, dans cet appartement loué face à la mer. Le silence et la liberté, que promettait le nom de l'avenue principale, ou pour le moins, sinon l'impossible complète liberté, le sentiment, depuis longtemps perdu, de recouvrer son libre arbitre.

L'agent immobilier a souhaité un agréable séjour à l'Homme de San Sebastián et lui a indiqué qu'il se tenait à sa disposition pour toute difficulté, son téléphone se trouvait en tête du contrat de location. Après quoi il a salué l'Homme de San Sebastián en lui serrant la main et a pris congé.

Celui-ci reste un moment, interdit, au Café de la Avenida, à soupeser les clefs de l'appartement, les clefs de la liberté espérée, en se demandant comment il se fait qu'il parle si bien l'espagnol. Il se demande si cette langue ainsi que les souvenirs qui l'assaillent par vagues lui appartiennent ou s'il a tellement changé en vieillissant, en mûrissant, qu'ils sont devenus ceux d'un autre ?

Je ne sais pas si je veux qu'il sache.

Pour Eugénie. Qui m'a élevé. Qui a été une mère pour moi. Ma mère. Qui trichait sur son âge de peur qu'on l'éloigne de moi, qu'on la remplace par une gouvernante plus jeune. Eugénie qui avait peur de mourir chaque fois qu'elle avait le hoquet et qui est morte d'un cancer quand j'avais quatorze ans. Eugénie et ses amies, F., Flora, aux cheveux rouges, qui amenait à la maison comme compagnon de jeu un très jeune enfant qui n'avait ni bras ni jambes, ni parole, et qui ne parvenait qu'à se tortiller sur le sol ; M., Marichu, dont le beau-père a été, pour parricide, le dernier supplicié au garrot en Espagne et qui ne cessait de me répéter : « ¡ Qué malo ! ¡ Qué malo ! »

Eugénie qui m'emmenait au stade Bauer, à Saint-Ouen, pour les stages de recrutement de jeunes joueurs pour le Red Star, où jouait mon idole, le gardien Laudu. Eugénie qui, de ses jambes malades de phlébite, me tirait des buts des heures durant, sous le soleil écrasant, dans le moment de solitude de nos étés dans la maison blanche des vacances familiales. Eugénie, Flora et Marichu, toutes mortes maintenant depuis si longtemps, avec lesquelles je jouais aux cartes la nuit durant, avant d'aller à la première messe, aux Missions Étrangères, ou à la Médaille Miraculeuse, en cachette de mon père, dans la terreur qu'il descende les marches du duplex.

C'est un point trop sensible. Trop poignant. Je veux la garder pour moi, et moi seul, Eugénie, dont l'amour m'a sauvé la vie — me la sauve tous les jours encore — car je n'ai jamais pu me résoudre à faire du mal ou à tuer le petit garçon qu'elle avait tant aimé, celui à qui sont allées ses dernières pensées, sur son lit de mort. C'est lui que je protège. C'est lui qui me protège. Et je ne sais pas s'il est nécessaire de mettre l'Homme de San Sebastián au courant. Je le laisse à ses interrogations, à sa perplexité, à sa vie d'adulte. Eugénie n'appartient qu'à moi, comme je lui appartiens, pour l'éternité.

L'Homme de San Sebastián, d'un pas lent, un peu voûté, se dirige vers l'immeuble de la calle de Zubieta. Mais arrivé plaza Cervantes, quand il découvre la mer, il se sent comme happé, il ne peut s'empêcher de s'approcher de la plage. C'est marée haute, la mer est agitée et les vagues, par à-coups, viennent lécher le garde-corps en fer forgé sur lequel il est appuyé. Il observe la grande baie de la Concha, l'île de Santa Klara au milieu, sur sa droite le port et la vieille ville, sur sa gauche le Monte Igueldo.

La marée haute d'aujourd'hui, sous ce ciel gris de début d'automne qui déverse son chirimiri, la pluie fine et persistante d'ici qui vous trempe mine de rien jusqu'aux os ; la marée basse de jadis quand sur le sable étaient tracés les contours de terrains de football, quand on installait des buts et que de jeunes enfants, vêtus de tenues impeccables de footballeurs, les chaussettes bien remontées jusqu'aux genoux, participaient à des matchs qui étaient des épreuves de détection, lui qui a toujours rêvé d'être détecté, sous les regards avisés des recruteurs de jeunes talents de la Real Sociedad. Comme il aurait voulu en être, Sébastien Heayes, lui dont la seule vocation, hormis la maladie d'écrire et la littérature, son statut de Bartleby involontaire, de *lletraferit* comme on dit en Catalogne — ce que l'on pourrait tenter de traduire avec une maladresse un peu pompeuse et pleureuse, pleurnicharde, par « blessé des lettres » —, oui, lui, la gueule cassée de la littérature, n'a jamais eu d'autre rêve que celui d'être gardien de but. Gardien de but. Qu'on lui laisse enfiler un short et un maillot noir. Devenir un mur. Le dernier rempart. Celui qui pare tous les coups dans la gueule de la destinée. Qui prévoit, qui anticipe tout, qui ferme les angles, qui ferme la porte à la douleur, sur tous les fronts.

Comme Zamorano qui pour les anciens, pour les vieillards, pour les morts, fut le plus grand gardien de but de tous les temps. Comme Yachine, le portier russe, surnommé l'Araignée Noire. Comme Iribar, le mythique gardien basque. Tous de noir vêtus en ces temps-là, portant le deuil des buts encaissés, des tirs rasants à boulets rouges de la chienne de vie, contre lesquels ils n'ont pu s'opposer, des pertes, de si nombreuses pertes consubstantielles à notre humaine condition.

Sentant son esprit qui tangue — est-ce le flux des vagues? est-ce le reflux des mots? —, l'Homme de San Sebastián s'éloigne de la plage et se dirige vers le 45 de la calle de Zubieta, en passant derrière l'imposant hôtel Casino Kursaal, puis par la plaza de Zaragoza, et alors qu'apparaît devant lui le néon rouge démodé de l'hôtel Tryp Orly, il se trouve en train de s'interroger sur le fait de savoir si ces souvenirs de jeunes footballeurs, cette vocation pour ainsi dire ontologique de gardien de but sont bien à lui, ou s'il s'agit plutôt d'un rêve, d'un rêve éveillé, voire, imagine-t-il en souriant, d'une forme de métempsycose, quand il est saisi — lui qui ne se savait pas versé en poésie contemporaine —, littéralement saisi à la gorge par ces vers de Claude Roy :

«On ne sait plus qui sont ces passants de l'automne, mais sais-tu qui tu es? Mais sais-tu d'où tu viens? Es-tu vraiment toi-même? Quelqu'un qui serait toi? Es-tu le souvenir d'un autre que tu fus, es-tu sûr d'être là? Et si tu n'es pas là, qui est cet étranger qui parle avec ta voix?»

Envahi par ces vers «qui rongeront ta peau comme un remords», s'entend-il répondre, en un murmure.

Un instant, l'homme se fige. Il a le sentiment de vaciller, comme un boxeur roué de coups, un boxeur à la peau blanche qui saignerait de partout et qui, après un dernier coup porté à l'arcade sourcilière déjà largement ouverte, perdrait l'équilibre.

Il a l'impression, soudaine et fugace, de participer à un combat de boxe, en imperméable et mallette de cuir à la main, un pugilat qui ne serait pas à armes égales. Lorsqu'il recouvre ses esprits, il reprend sa marche et il a tôt fait d'atteindre l'immeuble du 45 calle de Zubieta, une imposante construction de marbre gris et de verre (des fenêtres coulissantes) datant des années soixante. C'est un édifice qui a dû avoir des prétentions de luxe, d'élégance, avec son large perron aux marches en pierre blanche, ses plantes grasses sur les côtés, étagées, sa porte avec ses canapés en skaï bordeaux accolés au mur de gauche comme au mur de droite. Au milieu du hall se trouvent les deux cabines d'ascenseur, avec des portes métalliques.

L'Homme de San Sebastián est décontenancé face à ces ascenseurs. Ils ne correspondent à rien. Ils ne ressemblent ni à celui de la carrer de Calaf, à Barcelone, avec sa porte grillagée, sa cabine de bois, ses battants des deux côtés surmontés de verre, qui se hissait, brinquebalant et poussif, un peu inquiétant, en ces vacances de février, jusqu'au dernier étage où Eugénie agonisait, tandis que je jouais au pied de son lit.

Je suis revenu pour la voir, au moment des vacances de Pâques, mais elle était morte alors même que je passais la nuit dans le train pour la rejoindre. Ils n'ont rien à voir non plus, ces fichus ascenseurs, avec celui de la rue du Faubourg-Saint-Germain, dans lequel je revois le chien Sandy, derrière la paroi de verre, battre de la queue avec frénésie la cabine, tout à la joie de sortir, Sandy, un bâtard blond, avec une morphologie et une gueule de berger allemand et un poil ras de labrador peut-être, j'imagine, Sandy dont je me dis parfois — sans aucun doute dans les pires moments d'abattement — que mes parents l'ont aimé plus que moi, ce à quoi je rétorque, en mentant par rage, par orgueil, que moi aussi je l'ai aimé plus qu'eux, par exemple quand il m'entraînait à toute allure le long de la rue de Commaille, la rue à merde du quartier, autrefois, jadis, en ce temps-là.

En tout cas une chose est sûre : je n'ai pas vu mon père pleurer ma mère. Les deux seules fois où je l'ai vu pleurer, c'était lors de la mort de Malraux et lors de celle du vieux chien jaune Sandy.

J'ai des choses tristes à écrire. Encore. De nouveau. Mais je ne sais pas si j'en ai la force, le courage. Je dois revenir au grand appartement. Je dois évoquer, battre le rappel des morts et je me demande si j'en ai le droit. N'est-ce pas indécent ? Solliciter le souvenir des êtres que vous avez aimés de toutes vos forces, pour les coucher (une fois encore : la grande partouze des morts) sur le papier, pour céder, satisfaire à l'obsession, à la maladie d'écrire ? Les forces me manquent au moment d'établir mon long mémorial personnel des défunts. Peut-être que lui, l'Homme de San Sebastián, en aura le courage, ou simplement moins de scrupules, ou peut-être considère-t-il qu'écrire sur les êtres chers disparus, c'est rendre hommage à leur mémoire et non pas un travail de maquereau. Submergé par ces pensées, je rechigne, je repousse l'idée, à laquelle il me semble pourtant qu'il faudra, qu'il faut que je cède, d'évoquer le souvenir de mon meilleur ami, mort bien avant ses trente ans, assassiné par la Maladie. J'ose à peine livrer les initiales de son prénom. Cela seul m'accable.

J.F. Il est J.F. comme moi je suis S. Je nous réduis au minimum, mon frère de révolte et moi. Pour surtout n'en pas trop dire. N'en pas trop dire, ni utiliser, instrumentaliser, jamais. Et même si lui aussi chérissait le rêve de devenir écrivain, je suis terrorisé, pétrifié, ne serait-ce que de livrer ces initiales, comme s'il s'agissait d'un acte de délation.

L'Homme de San Sebastián ne semble pas éprouver ces états d'âme — ces éclats d'âme. Il ne semble pas sujet à ces circonvolutions de l'esprit ou du cœur, comme on voudra, à ces tergiversations.

Peut-être parce qu'il est plus âgé (quinze ans au moins), qu'il s'est endurci, caparaçonné ? Peut-être que la douleur, c'est son métier ? Accoutumé à l'idée que la littérature, c'est l'exploitation de l'homme par l'homme, jusqu'aux recoins les plus profonds de son âme, de ses entrailles.

Pour l'heure il est plutôt satisfait : sur la gauche de l'ascenseur, dans le grand hall, il y avait bien un comptoir et, tout au fond, une loge de concierge, mais il n'y avait personne et, là encore, il a été soulagé de ne pas avoir à se présenter, à donner des explications, à se livrer à des bavassements inutiles. Pas un mot de trop, pense-t-il, ne pas dire ni écrire un mot de trop.

C'est avec indifférence qu'il prend l'ascenseur, jusqu'au troisième étage. Il ouvre la porte sur la droite du palier et, là encore, en pénétrant dans l'appartement qu'il a loué, il est satisfait. Celui-ci est conforme à la description qui lui a été faite, il correspond aux images que le site Internet de l'agence de location diffusait. Il s'agit de ce qu'il est convenu d'appeler un loft d'environ quatre-vingts mètres carrés. Tout de suite sur la gauche se trouve le coin-cuisine, bien équipé. Un peu plus avant sur la droite un canapé bleu clair, deux fauteuils Bauer forment autour d'une table basse le salon. Et au bout de la pièce, donnant à travers la grande baie vitrée sur la plage de la Concha, est placée une table ovale, en verre, avec six chaises, et l'Homme de San Sebastián sait que c'est là, en regardant la mer, qu'il s'installera pour écrire. Quant à la chambre à coucher et la salle de bains, elles se trouvent dans une loggia à laquelle on accède par un escalier relativement large, qui surplombe la cuisine. Le sol est en parquet flottant d'un brun sombre. Les luminaires, mis à part une lampe halogène, sont encastrés dans le plafond. Il n'y a pas d'autre meuble — hormis le placard de la loggia —, aucun bibelot, pas de télévision et, surtout, aucun livre. Un appartement parfaitement impersonnel et fonctionnel, avec vue sur la mer. Exactement ce que l'Homme de San Sebastián voulait.

Il est évident que le loft de San Sebastián est à l'opposé de l'appartement dans lequel j'ai erré, fantôme parmi les fantômes, pour ainsi dire reclus pendant des années. Autant l'un est clair, vide et sobre, autant celui de la rue du Faubourg-Saint-Germain était surchargé de meubles, de livres, de tableaux. Mais voilà qu'au moment où il semblerait qu'il me faut donner des détails, des descriptions, des précisions sur ce funérarium, ce mausolée, au moment où je me sens happé, englouti à nouveau par le grand appartement de ma jeunesse, une formidable envie de Résistance me saisit. Je me refuse, même par le biais du souvenir, à revenir hanter encore l'appartement des morts. Mon corps et mon esprit se révoltent, se cabrent à cette idée. Pourtant, les images m'assaillent, m'envahissent, exigent de moi que j'y retourne pour décrire dans le détail cet antre de la douleur.

Alors j'ai l'impression que les mots ont leur libre arbitre, eux. Qu'ils surgissent et disent ce qu'ils veulent. Qu'ils m'imposent ce qui me passe par la tête, m'empêchant de penser librement, pour agir de leur propre chef, et qu'eux sont décidés à révéler mon âme — ce qui me tient lieu d'âme — à tout vent, à livrer mes secrets les plus intimes, tout ce que je me refuse à dire, et à instaurer l'Occupation de mon esprit. Une cohorte de mots, organisés, en ordre de marche, prêts à avancer sur l'ennemi — et n'est-ce pas moi l'ennemi ? Et j'ai beau essayer de lutter, de faire face, ils s'imposent sur le champ de bataille de mon être, prêts à entrer par leur triomphe dans l'histoire, dans le récit.

Alors que l'Homme de San Sebastián s'installe

dans son loft, ils reviennent me parler (au sens premier), me faire parler du grand appartement, en escouade parée à monter au feu, et ils apportent, imposent avec eux le souvenir d'un autre mort, celui dont il me coûte tant de dire le nom, parce que c'est reconnaître sa perte, parce qu'elle est intolérable, parce que le nommer, c'est avoir mal, l'évoquer, c'est souffrir, c'est asséner qu'il n'est plus (lui non plus, lui non plus), mon ami, si cher, si jeune, assassiné par la Maladie — J.F.

J.F. Voilà, ils ont gagné, ils m'ont arraché ses initiales. Il était J.F. comme je suis S., comme il y avait J. et R., et M., et T., et F. et J.C. et encore M., et peut-être qu'un jour viendra où c'est l'alphabet tout entier qu'il m'incombera de décliner pour compter mes morts.

— Tu te sers de lui pour faire une transition et des effets de jambes, me disent les mots qui veulent toujours avoir celui de la fin. Tu devrais avoir honte.

Ça y est, la bataille est engagée.

— Non. Je veux dire mon amour et ma peine. Et puis d'ailleurs, c'est vous qui m'y obligez.

— Tu parles! Ce que tu veux c'est écrire, écrire à n'importe quel prix, ç'a toujours été la même histoire, tu es prêt à marcher sur les cadavres pour cela.

— Est-ce ma faute si le sol est jonché de morts?

— Tu ne respectes rien ni personne, malgré tes manières, tes prétendus scrupules. Tout ce qui t'importe, c'est d'aligner les mots.

— J'alignerais les mots devant un peloton d'exécution si je le pouvais, s'il y avait une autre façon de faire, une autre alternative, s'il y avait un autre moyen de rendre hommage, une autre façon de vivre, aussi. Vous qui parlez si librement, que me conseillez-vous donc, en matière de savoir-vivre ? S. ou le savoir-vivre, je vous réponds, entouré de morts. Qu'avez-vous à dire à ça ?

— Le silence, encore le silence, toujours le silence.

— Le silence me tue.

— Alors l'imagination, l'illumination et non pas le misérable petit tas de secrets, l'intimité moite et fétide.

— Je crains de ne pas avoir la force pour l'imagination. Je ne suis pas le grandécrivain. Bien sûr que je rêve de livres d'aventures, vous le savez, vous qui savez tout, vous les mots dont seul peut-être René Char a pris la mesure en écrivant : « Les mots qui vont surgir savent de nous des choses que nous ignorons d'eux. »

« Vous savez bien que, si je le pouvais, si cela ne m'empêchait pas de vivre, je préférerais ne rien dire, *je préférerais ne pas*, ne pas parler des absents, mais je les sens en souffrance, si je me tais (si je les tais ?), si je me tue. Vous savez bien que je préférerais écrire un livre de piraterie, d'aventures plutôt que ce livre de S., ce livre de Silence, S., ce récit qui louvoie, qui glisse, qui dérape, qui donne le tournis. S. comme suicide évidemment. S. comme mon prénom, ma propre personne — ce qu'il en reste — réduite au minimum. S. comme cette petite route qui serpentait à travers une colline, dans la Creuse, et où nous attendions, J.F. et moi, adolescents, par un beau matin ensoleillé, que sa sœur revienne après avoir fait le plein de sa vieille Simca. (Nous étions tombés en panne d'essence et nous avions passé la nuit blottis les uns contre les autres, dans la voiture.) S. comme les derniers mots de mon père : bonne route. S. comme un récit écrit tout en digressions, transgressions, glissades. S. comme *Sweet Thursday* de Steinbeck, mon livre préféré, et Doc qui soupire doucement dans son petit laboratoire océanographique : «*lonesome, lonesome, lonesome*». C'est avec ce livre et la photographie d'Aube enfant — la plus belle petite fille du monde — que je souhaite être enterré. Aube que vous ne connaissez pas encore. Dont je voudrais pouvoir parler le moins possible parce qu'elle est l'Immaculée Conception des mots. Elle, son amour sont bien au-delà d'eux, de ce qui peut être dit. Cet amour appartient à l'ineffable, à l'indicible. Ici, je me tais.

— Moi, j'aime bien les livres d'aventures, de piraterie, dit un mot plus haut que l'autre, plutôt que toute cette mélasse. Tu n'as pas une idée, tu en es certain ?

— Une idée, oui. Mais je manque de souffle, de puissance. Je n'ai pas la force, la verve pour écrire cette histoire. Alors j'écris avec les moyens du bord.

— À défaut de moyens du mort, souffle un mot qui veut faire un mot.

Cette controverse avec les mots m'épuise, éreinte l'Homme de San Sebastián. Il ne peut se battre contre le Dictionnaire et la Grammaire réunis, qui font front commun contre lui, pour le faire taire, le réduire au silence.

— Je ne puis lutter contre vous. Vous êtes ma chair et mon sang et vous voulez m'empêcher de respirer, d'aspirer, d'espérer.

L'Homme de San Sebastián se sent défait; prêt à capituler, à laisser sa mémoire revenir hanter et décrire, par le menu, l'appartement de son enfance, de ses parents disparus.

— Je ne peux pas parler avec les mots, entamer une dispute avec eux, avec vous, lance l'Homme de San Sebastián en un dernier sursaut. Ça ne se fait pas. Ce n'est pas correct de votre part, ni dans l'ordre des choses. Je refuse de vous parler, de vous adresser la parole, m'entendez-vous?

— Tant que tu nous écris, entend-il ricaner.

— Et je refuse davantage encore de vous laisser dire tout et n'importe quoi. Je parlerai des morts comme je l'entends. Si je l'entends. Et je décrirai ce qu'il me plaira et comme il me plaira.

— Comme il te plaira, tiens, elle est bien bonne celle-là! Écoute-toi. Relis-toi. Ton J.F., comme tes M., T., F., J.C., et encore M., et E. et encore E., sauf vot' respect m'sieurs dames, mon bonhomme, on en fait ce qu'on veut. Tiens, regarde-le ton J.F., ton Jean-François, dans ton fichu grand appartement...

— Dégueulasse! dégueulasse, comme Elle disait, comme Elle dit pour l'éternité dans *À bout de souffle* — de la même façon qu'Arletty dit «Atmosphère, atmosphère», avec sa gouaille jusqu'à la fin des temps —, c'est vraiment dégueulasse d'avoir livré son nom! Je voulais le garder pour moi, le garder pour nous, vous ne respectez rien ni personne, pas même les morts, aucune douleur, aucune pudeur, aucune intimité.

— Ce n'est pas notre rayon, tes petits secrets. On est là pour dire, depuis la nuit des temps, tout dire, dire tout ce que l'on peut, on ne se refait pas après deux cent cinquante mille ans de langage et cinq mille ans d'écriture. C'est la civilisation qui veut ça.

— Le mot « civilisation » a un goût amer dans votre bouche, si je puis dire.

— Dans ta bouche, tu peux me faire confiance. Ne te berce pas d'illusions. Et puis tu peux me croire, tu aurais fini par le livrer de toi-même, ce prénom, comme tous les autres d'ailleurs. Tu aurais fini par mettre ça sur le compte du devoir de mémoire, mais tu l'aurais lâché, crois-moi. Maintenant que tu es lancé, c'est plus fort que toi. Plus rien ne t'arrêtera, prétendus scrupules ou pas. Mais regarde-le donc, ton ami, ton frère. »

Nous étions dans le grand salon, si haut de plafond, de l'appartement familial. Deux années s'étaient écoulées depuis la mort de mon père et je ne sortais pas des ténèbres. Petit à petit, à de rares moments, j'avais renoué avec mes amis les plus proches. Ils venaient me voir rue du Faubourg-Saint-Germain, mon antre d'errance, que je n'avais quitté qu'à quelques reprises pour voir des hommes de loi : notaires, avocats, fiscalistes — il fallait régler la succession. Il fallait s'occuper des affaires d'argent et de la gestion de l'œuvre de mon père. Je retournais de moins en moins souvent dans *son* côté de l'appartement. M'installer à son bureau me transformait en statue de sel, me plongeait pour ainsi dire dans le coma — réduit à l'état de légume incapable de penser mais seulement de souffrir — avec notamment toutes ces photographies des temps heureux, de lui, de ma mère, d'Eugénie, d'Enrique, de Sandy ou Pancho (un autre de nos chiens), de moi. Le grand salon me tétanisait, avec son canapé italien et son fauteuil en cuir noir où je revoyais mon père assis, enveloppé dans l'un de ses innombrables peignoirs, notamment ceux avec des dessins d'éléphants que j'ai gardés et portés, jusqu'à l'usure la plus complète. Il tenait sa jambe droite croisée par-dessus la gauche, souvent on voyait ses testicules, il fumait un montecristo. Dans la pièce, il y avait aussi la longue banquette en L, très années soixante-dix, au velours recouvert de peaux de bique. Et sur les murs en liège, ces tableaux effrayants, mais exécutés avec maestria, du peintre polonais Jan Lebenstein, des grands formats qui semblaient peints à la cire, en couches épaisses, représentant des animaux monstrueux ou des figures totémiques. L'odeur de mon père régnait partout, elle n'a jamais cessé de régner, même des années après, bien que différents locataires soient passés par les lieux. L'odeur d'Ivan Alejandro, fils mimétique du grand acteur russe Mosjoukine dont il avait accumulé les photographies et dont il paya le prolongement de la concession mortuaire au cimetière russe de Sainte-Geneviève-des-Bois. Tout dans ce côté de l'appartement me plongeait dans la tristesse, l'accablement, la culpabilité, la dépression. Et je ne parle pas de la chambre, où mon père s'était donné la mort, jouxtant le salon, et où jamais je n'eus le courage de mettre les pieds. J'avais fait vider les placards de cette garde-robe insensée, qui allait des plus stricts costumes diplomatiques de Savile Row aux plus extravagants ponchos boliviens, des vêtements qui venaient du monde entier, comme ces conradiens costumes en lin blanc, achetés aux petits tailleurs de Macao — tous les voyages qu'il avait accomplis autour du globe en particulier pour la revue américaine *Life Magazine* —, des tenues — comme ces treillis militaires à la Castro — dont il avait parfois une demi-douzaine d'exemplaires identiques quand il s'y sentait particulièrement à l'aise, quand c'était un déguisement qui lui plaisait.

Hormis les peignoirs, je n'avais conservé que la floraison bariolée de ses cravates, de la plus austère à la plus psychédélique, des cravates par centaines qui demeuraient posées sur le fauteuil voltaire en velours jaune éteint, placé à côté de son lit.

Se donner la mort. Mystérieux, insondable don. Je le répète, jamais je n'ai eu le courage de pénétrer dans la pièce où mon père avait accompli son geste. Quand il m'arrivait d'approcher du seuil, de cette frontière, je reculais bien vite, en songeant aux paroles de Malraux sur le suicide, qui mérite le silence et le respect; et je pensais aussi que, nous deux, j'avais toujours considéré que c'était à la vie à la mort, naturelle, que rien ni personne ne nous séparerait, qu'on était père et fils comme cochon.

Là, avec Jean-François, c'était le dernier soir du grand appartement. Le lendemain, les travaux commenceraient et il serait scindé en deux, le côté de mon père serait mis en location et je me réfugierais, avec tous les meubles, les livres, les sculptures, les bibelots, les tableaux, du côté de ma mère qui formait un duplex avec les pièces du bas où Eugénie m'avait élevé. Auparavant, en cas de postérité, d'histoire, sait-on jamais, j'avais fait photographier l'ensemble de l'appartement, tel qu'il était du vivant de mon père, par un professionnel.

J'avais donné de l'argent à Jean-François pour qu'il achète des verres à vodka et il avait déniché six très jolis petits verres à facettes. J'éprouvais le sentiment que tout un monde s'écroulait, que j'abandonnais mon père, que ma jeunesse et ma vie de famille étaient définitivement révolues en procédant à cette partition. Jean-François savait que c'était un moment difficile à passer, une étape douloureuse chargée de sentiments souterrains déchirants et lugubres, et il était présent, à mes côtés, on se serrait les coudes : nous allions nous bourrer la gueule à la Zubrowka pour passer le cap. Il s'était déjà manifesté le jour du premier anniversaire de la disparition de mon père — jour terrible chaque année, jusqu'aujourd'hui cet anniversaire est un jour terrible à passer — mais cette première année j'avais éprouvé la nécessité de demeurer seul, reclus, figé, plié sur moi-même à cultiver, voir s'épanouir les fleurs noires de ma douleur. Pour le deuxième anniversaire, il est venu d'office me chercher et nous avons marché toute la journée dans Paris avant de finir, à la nuit tombante, par nous promener au Champ-de-Mars, au pied de la tour Eiffel. Je le revois avec tant d'acuité, si clairement, ce jour-là comme le jour de la scission de l'appartement, avec sa petite taille, ses cheveux noirs, sa peau si blanche avec des joues bien rouges, son nez aquilin, les veines bleues de son cou, et ses yeux d'un vert éteint, légèrement exorbités derrière ses lunettes. Ce soir-là, comme à l'accoutumée, comme quand il me battait aux échecs, comme lors du dernier été de mon père, en Grèce, où nous étions ensemble, lui, Frédéric et moi, à débattre longuement sur l'Introduction de la *Critique de la raison pure* de Kant — nous ne parvenions pas à dépasser l'Introduction qui nous donnait suffisamment de fil à retordre —, comme lorsque nous avions tenté de séduire, sans succès, les trois créatures qui prenaient, miraculeusement nues, le soleil sur la petite plage en contrebas de la maison. Comme je nous revois aussi débattant de Proudhon, de Stirner et de son dangereux *L'unique et sa propriété*, de Bakounine ou du *Capital*, et aussi des œuvres de Sartre que nous dévorions, Sartre à qui, avec son imperméable vert-de-gris, ses lunettes, son attitude penchée, il m'a toujours fait penser. Tandis que j'avais été élevé par Eugénie la Rouge, qui ne rêvait que de Cuba, mes dix-huit ans prêchaient pour l'anarchisme comme seul véritable système démocratique, lui ne jurait que par le socialisme, dont je lui soutenais qu'il n'était qu'un rejeton bâtard du communisme, et je me souviens que pour le taquiner, ou le provoquer, dans notre très bourgeois lycée Victor-Duruy, plusieurs de nos condisciples le surnommaient Mitterrand, tant il défendait le premier secrétaire du parti, puis président de la République.

Ici, les mots m'apportent sur un plateau un autre souvenir, cruel. C'était lors d'un de ses deux derniers étés. Nous étions invités, lui, Aube et moi chez un ami, à Noirmoutier. Par égard pour le malade, Aube et moi cachions notre amour, notre bonheur, dissimulions nos gestes de tendresse. De peur qu'ils ne lui fassent du mal. Or cet été-là, deux très jeunes femmes, deux adolescentes dont une ravissante jeune fille aux cheveux châtain clair de seize ans, au visage constellé de taches de rousseur (qui ont toujours été pour moi — je pense ici à l'Archange Gabrièle dont les mots ne se sont pas encore emparés — des taches de douceur), tournaient autour de Jean-François qui, il faut le reconnaître, n'avait pas eu jusque-là beaucoup de succès avec les femmes. Et je le revois, lui à qui je n'ai connu qu'une liaison sérieuse, lui à qui la Maladie laissait un répit, torturé par sa conscience qui le faisait hésiter à coucher avec cette jeune adolescente qui s'offrait à lui et qui serait peut-être la dernière femme qu'il connaîtrait. Alors, il plongeait dans l'eau glacée de la plage du Bois de la Chaize et il nageait un crawl forcené, furieux, comme s'il disait ainsi merde à la Maladie.

Charge d'âme, donnait pour titre à son moins bon livre mon père. Mais il s'agissait d'une expression récurrente dans l'ensemble de son œuvre et un leitmotiv dans sa vie. Et moi aussi, m'apparaît-il avec les années, j'ai charge d'âme. De lui, de ma mère, d'Eugénie, de Jean-François bien sûr, et de M., de T., de F., de J.C., et M. encore, E. et E. encore. C'est un lourd fardeau, cette nécessaire, cette indispensable Fraternité avec les morts.

Ce soir-là, à la veille de la scission du grand appartement, nous avions invité deux filles, dont l'une était un de mes flirts, la belle Inès, toute menue et douce, aux traits si fins, au regard si triste (même quand elle était gaie), et une de ses amies qui plaisait à Jean-François. Nous nous tenions dans le grand salon, pour une dernière soirée « standing ». Nous avions pris dans la pièce du bas, où j'avais grandi et qui demeurait ma chambre, ma guitare d'enfant. J'avais tout oublié de mes leçons de jadis, mais Jean-François connaissait quelques morceaux. Nous nous soûlions, il jouait des intros des Rolling Stones, nous essayions de soûler les deux filles qui se tenaient assises sur la banquette recouverte de peaux de bique, dans l'espoir — irréaliste — de les conduire jusqu'à nos lits.

Alors que j'écris ces lignes, je rencontre M. Jean-Paul Shiller — je donne son nom dans le détail pour que les autorités compétentes puissent intervenir, je fais de la délation pure et simple. Nous sommes au café du Pré aux Clercs et M. Shiller souffre de solitude, ça saute aux yeux, alors je fais un petit effort, je noue des liens, je l'écoute parler — je tends une oreille bienveillante contre l'isolement des personnes âgées. M. Shiller est un Français libre résistant, espion dans la Drôme pour de Gaulle. Je le laisse raconter, j'attends le moment opportun pour faire mon petit effet, dire qui je suis et dire, ce dont je suis si fier, que mon père était compagnon de la Libération, cela se trouve écrit en premier sur sa plaque de souvenir commémorative sur la façade de l'immeuble de la rue du Faubourg-Saint-Germain. M. Shiller me raconte qu'il a été fait prisonnier et qu'il a été envoyé à Buchenwald dont il est sorti pesant trente-six kilos malgré son mètre quatre-vingt-cinq, il me parle des enfants et adolescents tsiganes qui se trouvaient dans le camp, qui avaient réussi à se fabriquer une balalaïka de fortune, et puis un jour la musique cessa, ils avaient tous été gazés. Et il s'étonne — à son âge et après ce qu'il a vécu, on n'a sans doute plus la force, la foi pour s'indigner — qu'il n'y ait aucun monument à la mémoire des victimes tsiganes du nazisme, et j'acquiesce, cette faute de mémoire est une grande injustice, et je rétorque que les homosexuels non plus n'ont pas de mémorial. Et M. Shiller me rapporte qu'il a été arrêté et condamné à mort. Mais voilà que cet homme charmant au demeurant, pour démontrer qu'il a une mémoire d'éléphant dont il est si fier malgré son grand âge, ne trouve rien de mieux que de me rappeler qu'on a retrouvé le corps de ma mère en état de décomposition dans le coffre de sa voiture dans le XVIe arrondissement ou au bois de Boulogne, il ne sait plus.

Vive la France libre! je m'écrie. Nous voilà en pleine Collaboration avec l'ennemi, avec les méthodes de torture de la Gestapo, et je proteste, auprès des mots, qu'ils auraient au moins pu m'éviter la «décomposition», il y a des limites à ce que l'on peut endurer, même si je sais qu'en matière de douleur les records sont battus tous les jours, le malheur c'est le seul domaine où il n'y ait pas de champion du monde, il y a trop de prétendants au titre, il suffit d'ouvrir le journal, d'allumer la télévision, de penser à Thérèse, la mère de Jean-François.

Je m'élève en protestations. Parce que la protestation, l'indignation, c'est une des meilleures façons de se grandir :

Décomposition. Vous auriez pu me l'épargner, dis-je aux mots, qui font la sourde oreille, peut-être un peu gênés aux entournures malgré tout, devant cet acte de barbarie. J'ai déjà dû supporter un livre écœurant intitulé *Ils ont choisi la nuit*, où un prétendu écrivain relate par le menu, comme s'il y était, le suicide de chacun de mes parents. Suicide-toi toi-même ! je lui rétorque, à ce notable des lettres. Raconte-le par le menu, sans omettre aucun détail. Mais pas de prosopopée moribonde. Laisse mes morts en paix.

Un peu de compassion, ce si beau mot (car il y a du beau monde, aussi, chez vous) mis à l'honneur par Kundera dans son œuvre. La compassion et la fraternité comme éthique de vie. Décomposition — les mots s'en lavent les mains. Sûrement avec un savon qui vient d'un Juif, comme dans *La danse de Gengis Cohn*.

— C'est pas nous. C'est ton M. Shiller.

— C'est toujours vous. Il me fait une belle jambe, ce vieil homme. Il faut que vous alliez trifouiller là où ça fait mal ! Vous ne voulez rien garder pour moi.

— Nous, on ne fait que notre boulot, disent-ils pour se dédouaner.

— Oui, boulot — boulot, comme la police de Vichy au Vél' d'hiv'. Vous ne vous en tirerez pas comme ça. Là, vous êtes allés trop loin. Je préfère me taire. S. pour Silence. Revenir au silence plutôt que d'en arriver à des extrémités pareilles.

— Ça fait vingt-cinq ans que tu essayes de te taire, et pour quel résultat, des dizaines de cahiers que tu essayes de perdre, de cacher, d'oublier. Cette fois, c'est différent. Tu n'en peux plus. Tu craches le morceau. Et nous, nous sommes là pour te servir.

— De vous à moi, je me demande, je me demanderai toujours, qui sert qui, qui se sert de qui. Vous me poussez dans mes derniers retranchements. Vous me faites dire, d'une manière ou d'une autre, ce que je veux taire...

— Tu n'y arrives plus, à te taire.

— Mais il y a des choses que je ne veux pas dire, sous aucun prétexte, dont je ne veux pas entendre parler. Et il y a les choses pour lesquelles je me bats. Le respect dû aux morts. Le droit à une vie privée pour les morts, oui, la vie privée des morts. Les morts, tous les morts sont des nôtres. On ne peut pas laisser dire, écrire, faire tout et n'importe quoi avec eux. Le droit des morts, la vie privée des morts, voilà ce qu'il est temps d'instaurer.

De conduire les deux jeunes filles jusqu'à nos lits il n'en fut rien, bien entendu. Je ne crois pas que, malgré l'ivresse, nous eûmes l'audace de le leur proposer. Toutefois, d'une manière ou d'une autre, nous dûmes effrayer ou lasser Inès et son amie car nous finîmes par nous retrouver seuls, Jean-François et moi. Et sans que je sache expliquer ce qui nous prit, tel le guitariste des Who,

Peter Townsend, nous nous mîmes à briser l'instrument contre le sol, ma guitare d'enfant, jusqu'à la réduire en miettes. C'était une façon, seule cette explication me vient à l'esprit, en cette soirée d'adieux aux appartements de mon père, de séparation — c'était comme si physiquement on me détachait de lui, comme si l'on venait nous interrompre, nous arracher l'un à l'autre lors d'une ultime embrassade —, de dire par là, aussi, adieu définitivement à ma jeunesse, à mon enfance, en la fracassant.

L'Homme de San Sebastián s'installe à sa table, avec vue sur la mer. Il va écrire. Il n'a pas d'états d'âme. Il n'a pas peur des mots, il est en paix avec eux. Il va relater une histoire d'amour et de perdition. Il va raconter les aventures de Sébastien Heayes le Débauché, qui quitta un jour le grand appartement pour plonger dans la nuit. Une nuit distincte de celle qu'il connaissait, chargée de nostalgie, de mélancolie, avec l'incommensurable croix du sentiment de culpabilité écrasant ses épaules.

La nuit même en plein jour, avec le monde singulier de la nuit, rue de Ponthieu à Paris à cinq heures de l'après-midi, carrer de Marià Cubí à Barcelone, tous ces bordels dont le Curieux, près de l'Opéra, toutes ces filles de si peu de joie, tout cet alcool que Sébastien Heayes a commencé à boire pour se désinhiber, notamment avant de voir l'Archange Gabrièle, parce qu'elle était trop intimidante avec ses tenues provocantes, trop belle avec son visage si fin, si acéré qu'on aurait dit une lame de glaive, trop brillante aussi.

La nuit avec Nadia, qui me consolait après la rupture avec l'Archange Gabrièle, au Curieux, ce bordel, cet écrin, mais je m'avance, j'anticipe, voici plutôt ce qu'écrivait l'Homme de San Sebastián :

C'est un hymne à l'impossibilité d'écrire.

C'est quatorze dix-huit tous les jours. Sur la place de chaque village. Pas seulement de notre douce et riante France. Sur la place de chaque ville, chaque village. Du monde entier.

C'est un roman.
C'est une histoire, tout court.
Ma vraie histoire, notre vraie histoire : tout ce qui fout le camp.

La vie c'est dégueulasse, dit-elle.
Non, elle ne dit pas «la vie»; elle emploie seulement le mot «dégueulasse».
Mais est-ce que c'est dégueulasse d'en parler? La pudeur interdit-elle d'écrire?
Il faut en dire le moins possible. Peut-être faudrait-il écrire pour ne rien dire. Se camoufler, dès les premières lueurs de l'aube, derrière une forêt de signes qui parle d'autre chose. L'idéal, ce serait de parvenir à rédiger un roman mathématique.

Sans autre émotion que celle que peut susciter la plus froide et parfaite logique. Mais, puisqu'on ne peut répondre à cette gageure, on fait diversion. On aligne les phrases pour se perdre de vue. Et les personnages sont autant de guides vers l'égarement.

Qu'est-ce que vous faites dans la vie ?
J'écris des cartes postales. Tenez, prenez celle-ci, elle vient de Paris.

Cela devrait s'intituler *Autour de Nadia*. Mais elle ne veut pas. Elle ne veut rien inspirer.
Surtout ne pas laisser de trace. Ne pas être faite prisonnière.
Alors voici seulement quelques photographies. Quelques vieilles cartes postales. Celles des voyages et pérégrinations, ceux que l'on a faits moins, sans doute, que ceux que l'on a rêvés.

Elle est pas kasher, la vie, elle disait Nadia.
Elle aussi s'était convertie au judaïsme. Comme avait été sur le point de le faire l'Archange Gabrièle pour son premier amour.
Nadia, elle m'a appris deux, trois choses d'importance. Nadia, elle m'a ouvert les yeux.
C'était comme des bandeaux noirs que l'on m'enlevait les uns après les autres, jour après jour, chaque fois que l'on se voyait.

Dans ce buffet de gare, à Bâle et ses cloches, où l'on donnait un spectacle de cirque.

Au Curieux. Ce bordel, cet écrin. Ce cabaret parisien.

À Knokke-le-Zoute. Le Saint-Tropez belge. Ne rigolez pas.

Je ne vous dirai pas la tête qu'elle a, Nadia. Je pourrais vous dire ce qu'elle aimait faire avec le sperme. Mais je ne vous décrirai pas son visage. Ni sa silhouette. Rien. Pas un mot. Pas ça ! Je les garde pour moi. Son visage. Sa silhouette. Ses longs doigts de magicienne. Son nom d'artiste, autrefois.

On voulait traverser l'Atlantique en bateau, traverser l'Amérique, celle du Nord, celle du Sud.

On comptait partir vers une petite île de Méditerranée. Je nous y voyais. Il y aurait une grande pièce ronde dans la maison. Donnant sur la mer. Et tandis que j'écrirais des romans sur la Découverte des Amériques, elle tournerait autour de moi, lentement, régulièrement, comme une horloge, sur son monocycle.

On n'a jamais réussi qu'à aller jusqu'en Suisse. Et à Knokke-le-Zoute. Le Saint-Tropez belge, comme elle disait. Ne rigolez pas.

Mais peut-être, déjà, que j'en dis trop. Au-dessus de la ceinture. C'est tout ce qui se passe au-dessus de la ceinture qui peut devenir dégueulasse. Alors je devrais peut-être m'empresser de vous dire qu'avec Nadia, parfois, on se serait cru dans un film.

Le Curieux, par exemple, où elle tenait le

crachoir, avec son décor psychédélique, son spectacle, rien à faire, ça ressemblait à une boîte rescapée d'un film de Melville.

Et comme ça, à propos de cinéma, et pour en revenir à des considérations plus dignes, je pourrais parler de cette séquence de sodomie, à Belleville. Oui, cela, je pourrais en parler.

Voilà. Ça s'est passé comme ça. On a couru.

Elle était au Quick. Il y avait cette lumière si blanche, dégueulasse, sur sa peau, elle n'était pas maquillée comme quand elle remplissait les coupes et causait, causait, causait, avec de grands éclats de rire mêlés là-dedans, souvent, quand il fallait.

Pas du tout.

Maquillée.

Elle ne portait pas une de ses longues robes ou ce pantalon en vinyle noir, qui moulait si bien, si implacablement, ses hanches si distinguées et son cul pour lequel nombreux sont ceux qui, au creux de la nuit, auraient donné la lune.

Elle portait un jogging gris, avec une capuche qui pendouillait.

Pas ses chaussures à hauts talons, à la courbure extrême au niveau du cou-de-pied, on aurait dit des armes.

Mais des tennis.

Remarquez, les tennis, c'est mieux, pour courir.

Elle a fini de bouffer son espèce de truc. Il lui restait un peu de ketchup à la commissure des lèvres.

On a d'abord couru à la pharmacie.

Ensuite, elle m'a entraîné dans des ruelles comme je n'en imaginais pas. Pas là, en tout cas. Pas à cette époque. Les yeux humides à cause du froid, du vent, je la suivais. C'était le flou artistique. Je me demande même si on ne se tenait pas par la main, moi derrière, elle devant, en courant.

C'était la grisaille, comme d'habitude ; mais dans ces ruelles il y avait de larges panneaux presque lumineux de couleurs. De grands aplats, à vif. On se trouvait donc dans cette grisaille lumineuse par à-coups, au milieu des immeubles lépreux.

Ainsi nous restions toujours un peu dans le psychédélique, avec Nadia qui courait devant moi. Ces planches de bois aux couleurs monochromes pétardes, ça faisait comme des tulipes, *sweet seventies*.

Et là, un hôtel de passe. De passe entre autres. Dans l'escalier, en pantoufles, en peignoir, il y avait un type qu'on a croisé en montant les marches quatre à quatre pour aller s'enculer. Accompagné d'une Assistante Sociale, qui devait l'aider à pisser une fois par semaine. Il avait l'air d'être salement chez lui, le type. Tellement chez lui qu'on le sentait bien parti pour crever là. Dans le meilleur des cas. Dans le meilleur des mondes.

On a pris une demi-heure, pour la chambre. De toutes les façons Nadia devait aller chercher ses enfants à l'école.

C'était cent francs, avec la serviette, a dit le gros type derrière sa cloison en plastique.

Très chaleureux, comme chambre, avec le radiateur électrique à fond. Nadia a enlevé ses tennis, son survêtement, elle était à poil, à genoux, elle m'attendait. La piaule, elle ressemblait à celle du vieux dans la pension de la carrer de la Princesa, Hostal Benidorm, allez savoir, allez savoir pourquoi, à Barcelone.

53

Les affiches de football, notamment du Real Madrid, et du Betis Balompié, maillot rayé vert et blanc — il est andalou, le vieux — en moins.

Mais pour cela il faut rester, revenir, à Barcelone, via Augusta, près de la rue Marià Cubí, sans doute. Celle que Sébastien Heayes tient, a tenu, un temps, pour la plus belle de Barcelone.

Parce que cela, je ne pouvais pas le savoir à ce moment-là.

N'est-ce pas?

Mais ce n'est pas que dans les meublés de Belleville, ou dans le deux pièces que je louais alors rue de Babylone, avec vue sur les jardins de Matignon et ses arbres si tristes en hiver, hiéroglyphes douloureux noircis par la pluie, ou chez Nadia dans cette rue si étroite du XVIIIe dont j'ai oublié le nom, que nous guidait le désir, désir d'un corps, désir d'un sexe, désir de fuite, désir d'oubli, oubli de ces mots intolérables de l'Archange Gabrièle quand elle me quitta pour un autre, «je ne suis plus amoureuse de toi», et je me brûlai le dos de la main avec ma cigarette — comme j'avais vu jadis les mains et les bras de ma mère couverts de brûlures provoquées par elle-même? par un amant sadique de passage? — parce que cette douleur incandescente physique était bien moins insupportable que celle des mots, des mots d'abandon, de rejet, la douleur du mégot sur la main faisait comme distraction de l'inaudible, de l'inacceptable qui s'était échappé des lèvres minces de l'Archange Gabrièle.

Alors Nadia et moi, nous nous aimions sans

amour, mais avec compassion, fraternité, compré-
hension, partout, dès que cela nous était possible,
chaque fois que nous le pouvions : baiser pour
oublier.

Les impérieuses outrances de nos sens, qui
cachaient la misère de nos âmes.

Paris, monsieur, devint alors un gigantesque
lupanar.

Des beaux quartiers aux faubourgs gangrenés
par la banlieue, de Ménilmontant à la Butte-aux-
Cailles, des abords du bois de Vincennes aux villas
guindées de Neuilly, nous infligions à la vieille
capitale les derniers outrages. Péripatéticiens de
l'impudeur, nous nous aimions tous azimuts à
travers tous les arrondissements de Paris, que le
temps fût à la pluie, aux rayons myopes des pâles
soleils d'un hiver commençant, aux coups de vent
qui balayaient la fin de l'automne, les feuilles rous-
sies et meurtries, les couvre-chefs, et dénudaient
les cuisses, piquées par la froidure, de ma muse
luxurieuse. Elle m'offrait son âme à l'Alma, ranimait ma flamme devant le tombeau du Soldat
inconnu, prenait ses aises au Père-Lachaise. Fri-
vole aux Batignolles, légère cour du Bel-Air,
mutine rue de Constantine, elle prenait son temps
à Ménilmontant, son pied devant la maréchaus-
sée, de l'avance quai Anatole-France. Sévère rue
Guynemer, elle se pâmait au Jeu de Paume, se
montrait accorte à la Concorde et ordurière porte
d'Asnières. Pont au Change nous échangions nos
humeurs, mais je ne m'étendrai pas davantage, si
ce n'est pour spécifier que nous n'avions banni de
notre itinéraire que le passage du Désir : autant
que les idées reçues, nous détestions la promis-

cuité et, passage du Désir, je vous laisse le soin d'imaginer.

Du terrorisme amoureux, une guérilla urbaine, mais sans façons, qui nous voyait multiplier les attentats à la pudeur.

Et je la suivais, éperdu, grisé par ces saturnales impromptues, affolé par sa bouche qui s'emparait de moi au détour d'une ruelle du Quartier latin, fasciné lorsque, appuyée au parapet du pont Royal, elle retroussait sa robe, écartait les cuisses et m'incitait à abuser de son hospitalité avec vue sur le Louvre vénérable, l'île de la Cité assoupie et respectable, l'ombre blanche de Notre-Dame dans le lointain, qui s'estompait à mesure que j'allais et venais en elle, m'agrippant à ses hanches, que mon regard se brouillait et s'estampillait du miroitement des lumières de la ville. Tout le confort moderne, et une vue imprenable sans supplément et sans taxe municipale sur les balcons ni sur les balconnets d'ailleurs.

Mais quelle inquiétude soudaine, fulgurante, lorsque je recouvrais mes esprits à la force du poignet, remballais, me rhabillais à la hâte, la regardant sourire, lumineuse et désinvolte; non pas que je redoutasse — je vous le dis malgré ma lutte des classes contre le subjonctif, mais on ne se refait pas, l'éducation et l'atavisme condamnent aux rigueurs de la loi grammaticale —, non pas que je redoutasse, disais-je, d'être surpris sur le vif, docile et indécent, mais bien parce que l'absence de périodes réfractaires platoniques dignes de ce nom induisait de lancinantes interrogations sur la viabilité d'une aventure qui risquait, à force d'épuisement, de tourner court et de ne pouvoir devenir une histoire à part entière.

Sébastien Heayes et les baby-sitters.
Sébastien Heayes et les baby-sisters.
L'Archange Gabrièle m'avait quitté, il me fallait trouver une autre main. Dans l'urgence. Sinon, c'était quatorze dix-huit, tous les jours, la terreur dans les tranchées de l'existence. Peur depuis que je suis né, peur depuis que je suis seul. Alors maintenant c'était Nadia qui me tenait la main — la main et le reste —, main que Gabrièle avait lâchée, me plongeant dans la douleur et la panique, les entrailles déchiquetées par les abus, les obus du quotidien, et dans la fièvre de la jalousie aussi, parce que je revoyais les aréoles larges de ses seins, son pubis blond, ses cheveux qu'elle attachait souvent ce qui lui donnait un petit air troublant de gentilhomme du XVIIIe siècle, Gabrièle avec qui nous faisions si bien l'amour, avec qui j'avais redécouvert les plaisirs de la chair, la volupté des corps.

Nous nous étions rencontrés en Corse — un couple d'amis nous avait invités, Marc et Christine, dans la bergerie des parents de cette dernière. Une jolie petite bâtisse en vieilles pierres grises, cachée au milieu des oliviers, des pins et des figuiers. Mon Aube m'avait accompagné à la gare. Je traversais à nouveau les turbulences de l'abattement et de la Grande Dépression et, en ce mois de juin, elle m'avait encouragé, poussé à partir. Je prenais un train qui devait me mener à Chartres où je rejoignais mes amis et, de là, nous partions en voiture pour l'île de Beauté, qui mérite si bien son nom. Mes hôtes m'avaient prévenu qu'une jeune femme, interne en médecine comme Marc, nous rejoindrait là-bas par avion. J'aimais Aube avec passion, mais un petit déclic s'était déclenché dans mon cerveau — on a beau être déprimé, on n'en est pas moins homme — et je fantasmais sur la possibilité d'une aventure avec cette inconnue dont Marc m'avait prévenu qu'elle n'allait pas très bien, elle s'était fait quitter par son mec quelques mois plus tôt et elle n'arrivait pas à s'en remettre, proche de l'anorexie, elle ne se nourrissait pour ainsi dire que de Xanax qu'elle se prescrivait elle-même.

Je revois Aube au bas du marchepied du train, s'efforçant comme toujours de me remonter le moral, m'enjoignant d'en profiter, me soufflant, disant après un dernier baiser que ça allait me faire du bien, et je me dis, depuis ce moment gare d'Austerlitz, que c'est sur ce quai que nous nous sommes perdus pour la vie, mon Aube et moi.

Je passai le voyage en voiture dans l'angoisse, l'accablement, incapable de profiter du paysage, ni même de le voir, à nouveau prisonnier de mes fantômes.

Je garde de la ville de Gênes, où nous embarquions, le souvenir de ses prostituées, de ses travestis, dans les faubourgs, et d'une rue piétonnière élégante, pleine de terrasses de restaurants, où nous fîmes un bon dîner dans la douceur du soir. Ensuite, nous prîmes le ferry.

Après une nuit où il nous fallut dormir sur le pont, nous serrant les uns contre les autres — comme avec Jean-François et sa sœur dans la Creuse, ne pouvais-je m'empêcher de songer — sous une couverture rêche, puis un trajet en voiture tout en virages pour traverser la Corse du nord au sud, nous eûmes juste le temps de déposer nos affaires dans la bergerie, qui était constituée d'une bâtisse principale avec la cuisine, le salon et deux chambres l'une au dessus de l'autre ainsi que d'une annexe avec une grande chambre et sa salle de bains, où s'installèrent Christine et Marc, qu'il fallut partir pour l'aéroport de Figari, où Gabrièle devait nous attendre.

Elle patientait assise sur un plot, en effet, sa valise à ses pieds, et ce ne fut pas comme lorsque je rencontrai le profil d'Aube à cette fête à Deauville, où m'avait pour ainsi dire traîné de force mon ami Pierre, un coup de foudre (*love at first sight*), mais en regardant cette jeune femme toute mince dans son jean et son polo noir, je me disais pas mal, pas mal, faut voir.

J'étais un turfiste averti à cette époque, professionnel à vrai dire, puisque je gagnais ma vie aux courses. Je passais des heures à faire le papier — une longueur égale un kilo —, à donner des valeurs aux chevaux, à étudier leurs origines, leurs aptitudes au terrain et au parcours, à scruter leur robe, leur état au rond de présentation et lors du canter, attentif à bien organiser mes jeux (j'étais un spécialiste du jumelé), et je rêvais, comme nous l'avions rêvé avec ma mère, de posséder un pur-sang un jour, de préférence un produit de la souche de la jument Balbonella dont j'étais tombé amoureux — le mot n'est pas trop fort — par le biais de son fils étalon Anabaa, ce champion mira-culé, jugé perdu pour les courses et dont la famille Head, à force de soins et de patience, avait réussi à faire un crack sur 1 400 mètres ou le mile (je ne m'intéressais vraiment qu'au plat, accessoirement à l'obstacle, en revanche, je n'entendais rien au trot).

Or, la veille du voyage en Corse, j'avais touché Vent de Neige, un beau gris pommelé, mille francs à vingt contre un dans un réclamer. Aussi, lorsque nous allâmes à la supérette faire les courses, j'achetai ce qu'il y avait de mieux comme vin et, surtout, comme champagne, avec ma grosse liasse de billets de cinq cents francs, mes chers Pascal. Je ne frimais pas, avec mon fric. Je voulais juste faire plaisir. Marc avait une bonne descente, Gabrièle se concoctait des cocktails de tranquilli-sants et d'alcool, et moi, j'essayais de lutter contre l'épisode dépressif que je traversais avec la bibine, je m'évertuais à dissoudre, noyer les morts, l'an-goisse, la culpabilité, l'alphabet funéraire dans l'alcool. Mon goût pour la boisson (ou mon besoin plutôt), ma réserve, ma timidité me rendirent sympathique auprès de Gabrièle qui, elle me l'avoua plus tard, redoutait d'avoir affaire à un type prétentieux en me rencontrant.

On ne s'est pas vraiment dragués, avec Gabrièle. Ça s'est fait tout seul. Après les longues journées de plage, nous passions les soirées avec Christine et Marc à dîner et à boire et nous continuions tous deux, loin dans la nuit, alors que nos amis avaient rejoint l'annexe, à boire dans le petit salon côte à côte, à parler de littérature — Gabrièle avait beaucoup lu — et je la trouvais de plus en plus séduisante, et son intelligence, l'acuité et la célérité de ses paroles et pensées, sa façon acerbe, piquante ou triviale de s'exprimer, me tiraient de ma léthargie, de ma propre pesanteur, pour, peu à peu, me fasciner. Et ni l'un ni l'autre ne semblions vouloir aller nous coucher, nous veillions et buvions jusqu'à n'en plus pouvoir et je voulais que ces nuits durent encore, n'en finissent jamais, je ne voulais pas être séparé d'elle et regagner ma chambre au-dessus de la sienne.

J'aimais profondément Aube, j'étais convaincu que c'était AubeetSébastien, comme si nous ne formions qu'un, de manière indéfectible, et je crois, malgré le plaisir, la chaleur des nuits partagées avec Gabrièle, qu'il ne se serait rien passé de déterminant entre nous si au quatrième ou cinquième jour (et nuit!) de nos vacances avec Christine et Marc, dans le superbe site, dans la magnifique baie d'Arbitru, Gabrièle ne m'avait proposé d'aller nager avec elle jusqu'à la petite plage de sable blanc au fond de la baie. Pour elle — elle me le confia plus tard —, c'était une invite anodine. Pour moi, c'était une main tendue et je ne peux résister à la main qu'une femme me tend. C'est mon côté érotomane, ou plutôt ma nymphomanie à moi. Elle portait un maillot de bain blanc et elle qui nageait si bien dut s'arrêter à plusieurs reprises pour m'attendre au cours de cette baignade dans l'eau fraîche de juin, pendant cette traversée. Au retour, à pied dans les criques et les rochers, elle sculpta un phallus de sable et le couvrit d'un jet de Nivea, et nous tenions tous des propos salaces et même le réservé Sébastien Heayes se laissait aller, lâchait des reparties très crues, avec une vivacité, une violence presque, qui me surprenait compte tenu du long sommeil douloureux dans lequel mon esprit se tenait habituellement.

Le soir venu, le rituel se prolongea. Nous dînâmes et bûmes avec nos amis, puis ils allèrent se coucher et nous restâmes en tête à tête, avec nos bouteilles de champagne, Gabrièle et moi. Puis, peu avant l'aube, je montai me coucher mais soudain il me sembla insupportable, intolérable — un authentique état de manque — d'être séparé d'elle par ce plancher et je redescendis les marches, frappai à sa porte et lui demandai :

— Est-ce que je peux abuser de ton hospitalité ?

Elle resta muette un moment — ce qui était si rare chez elle —, réfléchissant, interloquée, puis elle refusa. Mais la nuit suivante, alors qu'elle portait une robe très provocante et un de ces redoutables Wonderbra, elle finit par m'embrasser — m'embraser —, me conduisit jusqu'à sa chambre, et nous fîmes l'amour. Il restait quatre nuits avant la fin de notre séjour ; nous devions dissimuler notre idylle auprès de nos amis, qui étaient aussi des amis d'Aube, AubeetSébastien. Alors, lorsqu'ils partaient nager ou se promener, nous en profitions pour échanger un baiser, nous tenir par la main. Nous passions les nuits entières à faire l'amour. Et je cueillais chacun de ses orgasmes comme une offrande que je conservais précieusement dans ma besace aux souvenirs.

Le dernier jour, nous le passâmes à nouveau dans la baie d'Arbitru. Le soleil me brûla et le soir, lorsque nous accompagnâmes Gabrièle à l'aéroport de Figari, j'avais de la fièvre, une insolation. Nous ne pouvions pas nous embrasser pour nous dire au revoir. C'était cruel. Nous ne savions pas si à Paris nous nous embrasserions de nouveau.

Je la savais aussi triste, déroutée que moi. Elle multiplia les plaisanteries de salle de garde, pour donner le change. Nous ne savions pas ce qu'il allait advenir des balbutiements de notre histoire une fois de retour dans la capitale, une fois que nous aurions retrouvé le cours habituel de nos existences. Mais moi — et elle aussi, je crois pouvoir oser dire — j'étais fou amoureux.

Aube m'attendait sur le seuil de l'appartement rue de Vaugirard quand je rentrai, souriante, radieuse, amoureuse, heureuse de me retrouver. Elle me fit des compliments sur ma bonne mine, dit que j'avais l'air d'aller bien mieux, me reprocha tout en douceur de ne pas l'avoir appelée souvent. Je l'embrassai et lui répondis que j'allais en effet beaucoup mieux, que j'étais nettement moins déprimé, et je la revois encore aujourd'hui, comme si c'était hier, si ravissante et accueillante, comme une condamnée qu'on allait attacher au poteau d'exécution. Je l'aimais, je l'aime toujours, je l'aimerai à jamais, et j'étais déchiré, torturé, comme si l'on m'arrachait les viscères, parce que j'étais tombé fou amoureux de l'Archange Gabrièle, qui habitait à cent mètres de notre étroit appartement mansardé, rue Jean-Ferrandi, où vécut Alice Sapritch, je le précise ici car il ne faut pas manquer une occasion d'arracher un mort à l'oubli.

À cette époque, j'avais permis — le mot est juste, je dis les choses comme elles sont — à Aube de me lâcher un peu la main et d'exercer son métier d'architecte. Elle travaillait à la restauration du château de Versailles et commença alors la valse des mensonges, des tromperies, des parties de cache-cache, des cinq-à-sept à n'importe quel moment de la journée, parce que dès le lendemain de mon retour je me précipitai dans les bras, entre les cuisses de l'Archange Gabrièle. Cela dura de juin jusqu'à la fin juillet.

Il me devenait de plus en plus insupportable de ne pas dormir contre l'Archange Gabrièle, une main sur son sein, l'autre sur son pubis, mon torse et mon ventre collés à sa peau. Tout à la fois la douceur, la voix au timbre enfantin d'Aube me rongeaient les entrailles de culpabilité — je suis doué pour ça, la culpabilité —, de nostalgie, Aube-et-Sébastien pour la vie. En faveur de la vie, malgré les douleurs, les désastres, les marées noires, les holocaustes intimes, les chaînes strangulantes du passé.

Pourtant je finis par prendre mon fusil.

J'étais à la Bastille avec Aube, elle se tenait devant les vitres de la brasserie Bofinger, noire de monde. Le temps était doux mais il pleuvait de petites gouttes. Et là, je fusillai Aube.

Ce fut le peloton d'exécution, Guernica, le Dos de Mayo de Goya. J'avouai à Aube que j'étais amoureux d'une autre femme, et appuyée contre les parois vitrées du restaurant, sous le regard des dîneurs intrigués, son corps se convulsait, tanguait, se pliait, semblait vouloir esquiver les balles, tandis qu'elle rejetait, psalmodiait « non, non, non », elle ne parvenait pas à prononcer un autre mot sous le feu nourri de ma trahison.

Je passai la fin de l'été avec l'Archange Gabrièle dans la jolie maison de village, toute blanche, que j'avais achetée en compagnie d'Aube sur la petite île. Nous avions parcouru toute l'île, ses villages, ses forêts, ses ravins ouvrant sur la mer, avant de nous décider pour cette bâtisse à Alaior que l'agent immobilier zélé qui nous servait de guide pendant toutes ces expéditions ne nous avait montrée qu'en dernier recours, sur notre insistance, tant il y avait de travaux à faire, tant il convenait de la remodeler de pied en cap. Pourtant, dans cette étroite ruelle près de l'église, calle de la Virgen, il nous avait suffi de pénétrer dans la maison pour savoir, sentir, que c'était là, que c'était la bonne.

C'était une maison qu'Aube avait rénovée avec amour. Elle en connaissait le moindre centimètre carré, et avec un terrible sentiment de trahison je me trouvais là avec l'Archange Gabrièle, à faire l'amour, trois, quatre fois par jour, sur le canapé qu'Aube avait fait recouvrir d'un tissu choisi avec soin, les fauteuils qu'elle avait fait retapisser, les lits dont elle avait choisi les draps et les courte-pointes, dissimulés des voisins par des rideaux qu'elle avait cousus elle-même, à déjeuner sur des nappes qui portaient, brodées de rouge, les initia-les de sa famille.

Avec Gabrièle, nous partions en excursion vers les plages superbes, vierges et sauvages, où là aussi nous nous caressions, nous faisions l'amour. Une véritable frénésie sexuelle. Mais à dire vrai, c'est Gabrièle seule qui profitait de la beauté des plages, de l'eau transparente, des paysages verdoyants sillonnés de murets de pierre sèche. Je ne pouvais plus dire «*lonesome, lonesome, lonesome*» comme Doc dans *Tendre jeudi*; mais je pensais sans trêve «MonAube, MonAube, MonAube».

AubeetSébastien pour la vie, elle avait même conçu une chambre d'enfant tout en haut de la maison blanche.

Je nous revois surplombant la plage d'Algareins, au milieu des pins parasols et des oliviers sauvages, avec Gabrièle qui marchait devant moi et je me laissais griser un bref instant par sa démarche, je m'accrochais à son cul, mais soudain je ne voyais plus rien, ni ses fesses, ni ses seins lourds, ni la mer, ni les arbres, ni le ciel, j'étais habité par Aube, obsédé par Aube et par ce nouveau sentiment de culpabilité, non plus celui de mes morts mais celui de mon grand amour perdu. Ce déchirement, cette culpabilité obsédante ne m'ont pas quitté un seul jour des quatre années qu'a duré ma liaison avec l'Archange Gabrièle. Dix autres années ont passé mais elle vient encore, souvent, me hanter et abîmer par moments ma relation avec Ludmilla. C'était AubeetSébastien pour la vie, après le massacre, l'holocauste intime.

Au château de Versailles, dans l'atelier d'architecture et de rénovation, travaillait avec Aube un jeune architecte que j'avais rencontré, un chic type, dont j'avais tôt fait de déceler qu'il était amoureux de mon Aube.

Perfide manipulateur, pour me dédouaner, pour

me soulager de la culpabilité qui de nouveau me rendait la vie infernale, je m'efforçais de convaincre mon Aube pour la vie qu'elle aussi était séduite par lui, que c'était un jeune homme plus stable, plus équilibré — qu'il ne puait pas la mort comme moi — et que lui saurait lui donner les enfants qu'elle désirait si fort et que je refusais d'avoir parce que je voulais garder la liberté de me donner la mort si je le souhaitais, liberté que l'on perd, considérais-je et parlant d'expérience, quand on a des enfants.

Ils partirent finalement trois jours en Normandie (par force de persuasion? parce que Aube avait malgré tout le béguin?), couchèrent ensemble j'imagine, le jeune homme était prévenant et charmant mais Aube au téléphone me répétait «tu es l'homme de ma vie, l'homme de ma vie, nous sommes inséparables» et elle pleurait.

Je me réjouissais que ce fût dans le village d'Alaior que nous ayons trouvé la maison. C'est dans cette petite ville, dans une minuscule maison prêtée par un curé défroqué en règlement d'une dette à Mabel, la fille d'Eugénie, que pour la première fois, loin de la rue du Faubourg-Saint-Germain, je quittai un peu les morts et revins parmi les vivants. C'est là aussi que je pus me remettre à lire. *Une petite ville en Allemagne* de John Le Carré fut l'ouvrage qui me redonna le goût de la lecture, qui était devenue pour moi une hydre monstrueuse tant j'étais envahi par les piles de livres qui remplissaient les étagères et jonchaient en de véritables gratte-ciel le sol de l'appartement de la rue du Faubourg-Saint-Germain, une ville de papier : tous les exemplaires de l'œuvre d'Ivan Alejandro, en collection Blanche, en Folio, toutes les traductions. Je vivais étouffé par les livres de mon père, par ses manuscrits aussi, les articles, les adaptations inédites qui s'entassaient dans l'appartement — des livres qui continuaient à arriver, les nouveaux tirages, les nouvelles traductions du monde entier — et j'éprouvais comme une dépossession de moi-même mon rôle de légataire d'auteur qui chaque jour exigeait du courrier, m'interdisant de prendre un tant soit peu de distance avec le passé, les morts, le sentiment de culpabilité. Le Code de la propriété intellectuelle et artistique définit le rôle du légataire d'auteur comme perpétuant la personne de l'auteur. Pour moi, c'est une définition de l'aliénation, quels que soient l'amour que l'on porte à une œuvre, à un auteur, et les intérêts économiques en jeu.

Je ne veux perpétuer personne. C'est une mission impossible, affolante et encore aujourd'hui je ne déteste rien tant que d'être en représentation d'Ivan Alejandro et de m'entendre dire combien je lui ressemble. D'ailleurs, nous eûmes une prise de bec, mon père et moi, quelques semaines avant sa mort lorsqu'il exigea de moi que je me consacre à son œuvre, après son décès.

J'étais en hypokhâgne, avec des professeurs fascinants et des condisciples qui provoquaient une stimulante émulation, et je rétorquai à Ivan Alejandro que, bien sûr, je m'occuperais de son œuvre mais que je ne ferais pas que cela, que j'avais une vie à vivre autre que celle de VRP de ses ouvrages, et ce quelle que fût la passion que j'éprouvais pour son œuvre. Il s'en retourna dans ses appartements de fort mauvaise humeur.

L'Homme de San Sebastián est sorti pour un déjeuner tardif dans le quartier de San Martín, qui forme un petit triangle derrière la plage, jusqu'aux avenues résidentielles de Miraconcha et le palais de Miramar — où résidaient jadis les rois d'Espagne durant l'été, pour trouver un peu de fraîcheur. Il est entré, calle de la Marina, dans la taverne Etxebarri, où il s'est régalé de *pinchos*, de *jamón de Jabugo* et de cidre tiré d'un colossal fût en bois. Ensuite, comme il lui fallait attendre que les boutiques rouvrent, il s'est installé dans un café tranquille sur la rue ample qui donne son nom au quartier.

Là, une fois encore, pendant qu'il prenait son café, il a été assailli de souvenirs dont il avait le sentiment qu'ils n'étaient plus les siens. Il les a regardés défiler dans son esprit comme s'il était face à un écran de cinéma, à regarder un film ancien, relativement, un film des années quatre-vingt.

Les images qui apparaissaient concernaient Jean-François, son dernier été. De nouveau Sébastien Heayes se trouvait en Corse, mais c'était un séjour qui avait lieu bien des années avant qu'il ne rencontrât l'Archange Gabrièle. Aube et lui avaient loué avec six autres amis une maison près de Porto Vecchio. Ils avaient proposé à Jean-François de se joindre à eux mais celui-ci n'avait pu donner de réponse définitive, il avait dit qu'il souhaitait venir mais ne savait pas s'il pourrait, qu'il essayerait. Sans parler de la Maladie. Jamais Jean-François ne parla ouvertement de la Maladie.

Nous étions quelques-uns à savoir, il n'ignorait pas que nous savions, mais l'on restait dans le non-dit.

Plusieurs mois auparavant, un soir, au cours d'un dîner auquel Sébastien Heayes ne participait pas, Jean-François eut un malaise et tomba de sa chaise. Il donna comme explication qu'il souffrait d'une toxoplasmose. C'est Christophe, l'ami fidèle entre tous, qui informa Sébastien Heayes de l'incident, par téléphone. Celui-ci se trouvait dans l'appartement majestueux, quai Voltaire, tout en dorures, boiseries, lustres scintillants accrochés à cinq mètres du sol, où vivait Aube avec sa mère et son frère; décor somptueux où ils habitaient tout en tirant le diable par la queue. Et Christophe lâcha le morceau, il dit toute la vérité à Sébastien Heayes, que Jean-François avait le sida, qu'il en avait pour deux, tout au plus trois ans à vivre. « Mais il ne veut pas qu'on en parle », précisa Christophe.

Lorsque Sébastien Heayes raccrocha, il se trouvait dans l'un des grands salons et il se mit à pleurer. Malgré les moments qu'ils partagèrent par la suite, c'est au moment où Christophe lui apprit la nouvelle que Jean-François était mort pour lui.

— Aube! Sébastien! Aube! Sébastien! criait une voix en provenance de la départementale qui longeait la maison.

Sébastien s'avança jusqu'à la route et là, à cent mètres de lui, se tenait Jean-François, qui avait fait à pied les cinq kilomètres qui séparaient la maison de Porto Vecchio. Il était venu !

Nous marchâmes l'un vers l'autre et nous embrassâmes, je le serrai dans mes bras comme jamais je n'ai serré un homme de ma vie. Il était en nage, la sueur lui collait la chemise à la peau et je me réjouissais de sentir sa sueur contre ma peau. J'ai toujours eu le sentiment que c'est lors de ce moment de retrouvailles, cette embrassade, que nous nous sommes dit adieu.

Ce dernier mois d'août fut joyeux. Jean-François dévorait la vie.

Je revois nos petits déjeuners sur la place de Porto Vecchio, derrière l'église où mes parents s'étaient mariés, il parlait avec enthousiasme de son mémoire de philosophie, qui portait sur Platon et pour lequel il avait obtenu sa maîtrise avec mention très bien. Je me raccroche à ces souvenirs de vie, malgré les visites à l'hôpital, où son corps apparaissait de plus en plus amaigri, ratatiné par la Maladie. Dernier souvenir de vie : cette courte période où il put profiter d'un moment de répit et où il me fut donné de le reconduire chez lui, pour me faire battre une fois encore aux échecs.

Je le veux vivant, à jamais, dans ma mémoire. Et je m'efforce d'oublier les tout derniers mois où rongé, grignoté par la Maladie, il n'acceptait plus que les visites du courageux Christophe, de sa mère et de sa sœur. Il voulait que l'on garde une bonne image de lui.

Et je me dois de dire ici quelque chose qui

devrait me noyer dans la honte, quelque chose pour quoi le valeureux Christophe m'en a voulu, mais de façon étonnante je ne parviens pas à endosser ce nouveau pardessus de remords et de culpabilité.

Je me trouvais sur la petite île lorsque Jean-François expira. Et je n'eus pas le courage d'assister aux funérailles, moi, l'un de ses deux meilleurs amis. J'en veux davantage à mes morts, partis de façon brutale, dévastatrice et obsédante, qu'à moi-même de ne pas avoir eu la force d'accueillir un nouveau mort. Comme s'ils avaient pris toute la place dans le caveau de la famille ou des amis. J'en veux à mes morts anciens, à mes suicidés, non seulement d'avoir ruiné ma jeunesse, mais surtout de ne pas avoir laissé la juste place à mes autres morts, tant leur souvenir m'accaparait, m'obnubilait.

Mais en dehors même du fait que pour moi Jean-François était mort, je l'avais pleuré, le jour où j'avais appris la Maladie dont il souffrait, quai Voltaire, la vérité, la lâche vérité tient à ce qu'il était au-dessus de mes forces d'assister à ses funérailles.

Je ne pouvais voir le cercueil, la mise en terre, l'effondrement de Thérèse, sa mère, dont il m'avait pourtant demandé — brisant à demi-mot le non-dit instauré par lui — de prendre soin.

J'ai failli, j'ai manqué, j'ai trahi. Et j'ai beau me dire que je n'assistai pas à la cérémonie pour pouvoir rêver que, d'une certaine manière, quelque part, il demeurait en vie, que je ne pouvais tolérer la preuve, l'évidence de son décès, plus les années passent, plus le sentiment de faillite dû à cette absence s'accentue.

L'Homme de San Sebastián se tient accablé, la tête entre les mains sur la table du café. Un mot lui vient à la bouche. C'est comme un relent. Non, c'est comme un vieux morceau de nourriture qui serait resté coincé entre ses dents.

Putréfaction, pense-t-il. C'est ça le mot qui traîne dans sa bouche.

Putréfaction, crache-t-il. Il finit par s'exclamer tout haut, en se redressant :

— Putréfaction !

À cet instant il est ramené à la réalité par la serveuse qui lui demande s'il a besoin de quelque chose d'autre. Avec ce goût amer dans la bouche, il balbutie : «Non, non merci, l'addition s'il vous plaît.» Il reste un moment, la tête appuyée contre sa main droite, rêvant sa main comme un corps étranger, une main étrangère qui lui apporterait de la douceur, du réconfort, une caresse. Le goût amer dans la bouche ne le quitte pas.

Il paye sa consommation, enfile son pardessus et sort du café : le chirimiri a cessé, il allume une cigarette dans l'espoir de se défaire de ce goût âcre, de pourriture dans sa bouche. Mais le mot «putréfaction» revient sur ses lèvres. Il reste ainsi, assiégé par ce mot, figé à l'angle des rues San Bartolomé et María, le col de son imperméable relevé à cause du vent qui s'est mis à souffler. Puis il jette son mégot, se frotte la tête et se met à marcher, revenu à lui, à travers les ruelles du quartier, à la recherche d'une boutique de vêtements pour homme. Comme il a quitté Paris de façon précipitée, n'emportant dans sa mallette que de quoi écrire et un discman avec des enregistrements de Chet Baker, de Jimmy Smith et d'Aretha Franklin, selon l'humeur, il achète une panoplie de chaussettes, de sous-vêtements, un pantalon de rechange, cinq chemises et un pull, tous des vêtements très classiques, très passe-partout.

Ainsi chargé de paquets, il retourne dans l'appartement, pose les sacs sur le canapé, jette son imperméable par-dessus et il se remet dans l'urgence à écrire comme si cela seul pouvait lui enlever le mauvais goût, le mauvais mot, de la bouche.

En cet instant, je suis aux bons soins de Nadia.

Une autre fois.

Un néon bleu, un néon rose clignotent dehors, comme dans un film de Fassbinder, c'est comme ça, c'est la seule lumière, marée rose, marée bleue, qui pénètre dans la pièce.

Je suis maigre comme un clou, à cette époque, se dit Sébastien Heayes, assis, nu comme un ver, peut-être attaché, les yeux bandés, allez savoir ; alors, jadis, déjà.

Et Nadia me travaille au corps. J'ai les yeux bandés, n'oubliez pas. Je ne peux pas vous dire comment elle est vêtue, ce qu'elle porte, comment elle est dévêtue.

Elle fait comme l'Archange Gabrièle. Exactement, du mieux qu'elle peut, je lui ai appris.

Elle essaye tout ce qu'elle peut pour que je parvienne à l'oublier, pour me faire croire que c'est une femme comme les autres, de l'ordinaire, de la chair, des muqueuses, de la salive.

Que c'est pas une poésie, quoi !

Voilà. C'est fini. Elle me débande les yeux. Je ne vous dirai pas comme elle est habillée. Ou dévêtue. Je la garde pour moi. Avec ces affreux cheveux jaunes ; aujourd'hui, jadis, déjà.

Je ne donnais pas d'argent à Nadia, mais souvent, tout d'un coup, elle me disait :

— Tiens, ça fait longtemps que tu ne m'as rien offert, viens.

Et elle m'entraînait dans une boutique. Et je lui achetais des chaussures, à Saint-Germain-des-Prés, toujours comme des armes. Ou des robes. Chez Moschino, chez Alaïa, chez Paco Rabanne. Et je m'en foutais du fric qui me filait entre les doigts, de me ruiner. Chaque fois qu'elle essayait devant moi une robe, j'imaginais la silhouette de l'Archange Gabrièle, j'imaginais que c'était elle qui la portait, à elle que je l'offrais. Et puis la nuit, tard dans la nuit, après nos virées jusqu'à plus soif, elle me tenait, me berçait dans ses bras, et aussi, dans les moments de solitude extrême, d'angoisse, de panique, il suffisait d'un coup de fil et elle arrivait, traversant Paris à toute allure, pour me tenir la main, ou bien m'apporter une bouteille d'alcool.

Ces courses que nous faisions avec Nadia me rappelaient celles du dernier Noël, quelques semaines après que l'Archange Gabrièle m'eut quitté. J'allais dans toutes les boutiques de Saint-

Germain ou du Marais et je disais «ma femme» en parlant de Gabrièle et je la décrivais par le menu pour que la vendeuse m'aide à choisir, pour qu'à travers elle le fantôme de Gabrièle prenne de la consistance, non, je n'omettais pas le moindre détail dans ce jeu dont je cherchais à être la dupe : blonde vénitienne, un mètre soixante-douze, un petit trente-huit pour les pantalons et les robes, non, elle n'aimait pas le gris qui n'allait pas avec sa peau si pâle, non, elle n'avait rien contre les strings, un quatre-vingt-dix bonnet C pour les soutiens-gorge, Wonderbra de préférence, ou Aubade, oui, je passais beaucoup de temps dans les boutiques de lingerie pour ranimer le vivant et mouvant flambeau de Gabrièle qui me renvoyait les cadeaux par la poste, par la peste, sans même un mot.

Avec Nadia, quand nous ne baisions pas, quand nous ne buvions pas — en écoutant Jimmy Smith —, nous courions. Elle voulait me remettre en forme, me tirer de la léthargie que pouvait provoquer l'abus d'alcool et de médicaments. Alors chaque fois que nous nous voyions, les pieds sous le bord du lit, je faisais des abdominaux, chaque jour un de plus. Je crois que je suis arrivé jusqu'à soixante, les soixante jours qu'a duré notre liaison. Sinon, nous courions, au bois de Boulogne, sur les capotes de la misère sexuelle de la veille. Ou, plus souvent, au jardin du Luxembourg, un, deux, trois tours de parc par ces après-midi gris et froids de cet interminable hiver, un sacré coach Nadia, et une sacrée forme physique, malgré la nuit, elle ne me laissait pas de répit, pas question de s'arrêter, et je peinais à reprendre mon souffle dans un nuage de buée, et elle me disait «Merde! Je m'en fous», elle me lançait une bordée d'injures quand je donnais comme excuse les médicaments, les tranquillisants, les gin-tonics et les nuits blanches qui m'épuisaient.

Je me souviens avec acuité d'un jour où une jeune femme, visiblement encore une gueule cassée de la vie, faisait de l'exercice comme une forcenée. Elle piquait un sprint de cent mètres dans un sens, puis cent mètres dans l'autre, puis dans la foulée du stepping sur un banc, et puis des flexions, des étirements, des pompes, des abdominaux, le tout sans une seconde de répit, comme si elle avait pris du retard dans sa préparation des jeux Olympiques, comme si elle aspirait à remodeler tout son corps en une seule séance d'entraînement. Sa folie — si je puis me permettre —, le sentiment de fragilité psychique qui se dégageait de sa frénésie me faisaient penser à une autre jeune femme, oiseau aux ailes coupées, anorexique, que j'avais rencontrée lors d'un bref séjour dans un hôpital psychiatrique, où je devais faire une cure pour arrêter l'alcool qui, mélangé aux médicaments, me conduisait aux portes de la déstructuration et faisait trembler mes mains — je pouvais à peine tenir un verre ou une tasse de café —, tout mon corps comme une feuille dans la tempête.

Je me détruisais au point que je finissais régulièrement mes nuits en vomissant mes tripes et je garde en mémoire, comme une preuve précieuse d'humaine fraternité, comme un diamant dans cette fange, le souvenir de ce jeune couple, boulevard du Montparnasse, qui s'approcha de moi pour me demander si ça allait, si j'avais besoin d'aide, besoin qu'on appelle quelqu'un, alors que je régurgitais mes boyaux, les bras et la tête plaqués à la vitre d'un Abribus.

C'est mon amie Isabelle qui me conduisit en voiture jusqu'à cet hôpital qui se trouvait dans les environs de Cergy-Pontoise et qui pouvait me prendre en charge pour un prix abordable bien que je n'eusse pas de Sécurité sociale. Toute ma vie était d'ailleurs une histoire d'insécurité sociale. Et là, de surcroît, mes finances avaient été mises à mal par les cadeaux forcés de Nadia, les cadeaux retournés de l'Archange Gabrièle.

Il y avait un bar de l'autre côté de la rue, en face de la longue grille noire fermée de l'établissement psychiatrique, et je demandai à Isabelle de me laisser là. Elle tenta de m'en dissuader, en vain. Elle savait comme mes autres amis qu'il ne servait à rien de discuter. J'avais l'intention de fêter le début de ma cure de désintoxication en buvant une coupe de champagne en tête à tête avec moi-même, à ma santé.

Bien entendu, je bus la bouteille entière : à nous deux l'hôpital !

L'hôpital me terrifiait, me remémorant les souvenirs de ma mère à Sainte-Anne ou dans une clinique, les bras attachés au lit :

— Tu vois, me disait-elle en souriant, ici, ils m'attachent et ne me donnent que des couverts en plastique, lors des repas, pour que je ne puisse pas me couper les veines.

Elle me parlait d'une voix douce, enjouée,

presque enfantine, comme s'il s'agissait d'une vaste plaisanterie.

Une fois dans l'établissement, passablement éméché, on fouilla ma valise et on me confisqua les deux bonnes bouteilles de bordeaux que j'avais dissimulées, sans beaucoup de conviction, sous mon pyjama. On me conduisit à ma chambre, m'administra des médicaments et me mit sous perfusion ; et la dose de médicaments que l'on me fit ingurgiter était si forte que lorsque je me réveillai, la nuit, assoiffé, j'étais complètement assommé, désorienté, et je bus l'eau des chiottes parce que je ne trouvais pas les robinets du lavabo. On ne voyait le psychiatre de l'établissement qu'une fois par semaine, il n'y avait pas de psychologue et les patients se retrouvaient pour des thérapies de groupe improvisées dans la salle où il était permis de fumer. Et chacun vidait son sac. C'était un concours de douleur qui m'asphyxiait de tristesse, et, parmi ces hommes et ces femmes de tout âge et de tout état, une jeune femme anorexique se prit de sympathie pour moi. Elle me donna un coup de baguette magique et me dit :

— Je souffre du syndrome de Peter Pan, et toi, tu es mon ami.

Je pense souvent à cette jeune femme dont j'ai honte d'avoir oublié le prénom. Ma fée Clochette avait fait des études de commerce, elle avait travaillé et, allez savoir pourquoi, soudain tout s'était brisé. Maigre comme un clou, les jambes comme des allumettes, elle respirait la fragilité. Comme nombre d'autres patients auxquels l'écoute manquait dans cet hôpital d'un autre temps, elle me raconta sa tentative de suicide. Elle partageait un appartement avec son frère, celui-ci s'absentait quelques jours, elle s'était déshabillée et plongée dans la baignoire, puis elle s'était ouvert les veines. Elle fut sauvée par miracle, par la SNCF et la ponctualité des chemins de fer.

Son frère rata son train et retourna à l'appartement. Il y retrouva sa sœur, inconsciente, dans la baignoire emplie de sang.

Cette jeune femme qui paraissait destinée à mener une vie normale revient souvent dans ma mémoire parce que, malgré ses sourires, sa douceur, sa gentillesse à mon égard, on sentait chez elle une blessure définitive, irrémédiable, quelque chose en elle vous disait qu'elle ne s'en sortirait pas.

Épuisé par tant de malheur qui rôdait entre les murs décatis de cet hôpital, révolté par la camisole chimique qui vous abrutissait pour vous transformer en zombie, je sortis après une engueulade avec un psychiatre nazi, au bout de trois jours, contre avis médical, en signant une décharge. Il fallut du temps pour faire venir un taxi dans ce coin perdu.

J'attendis au bar, une fois que l'on m'eut ouvert la porte de la longue grille noire, un gin-tonic à la main, terrorisé par ma solitude. Rarement, jamais, je me suis senti aussi désemparé, égaré dans la vie que ce jour-là.

Et je retournai en toute hâte me plonger entre les bras de Nadia.

L'Homme de San Sebastián pensait se remettre à écrire sur Nadia, mais il est sujet à une digression. Alors, docile, il cède la place aux mots qui veulent surgir.

Ça commence par une photographie. Mon histoire. C'est un jour d'hiver, ils portent tous deux un manteau, ils se trouvent sur un promontoire. Ils sont enlacés, la tête de ma mère contre le cou de mon père, Ivan Alejandro, et lui serre son épaule avec son bras, sa main. Ils sourient. Ils sont heureux. Radieux. Ça saute aux yeux. Je suis né de cette photographie. C'était le temps de la Splendeur des Amberson. Ils s'étaient rencontrés quelques mois auparavant à une réception du consulat de France à Los Angeles.

Et maintenant, ils vivaient en France, mariés, amoureux. Il y a trop d'amour dans cette photo. Trop de promesses de bonheur. Ils semblent résolument à l'abri des coups de griffes des fauves de la vie. Je la garde, bien cachée, au fond d'un placard. Cette photographie. Je ne peux pas les voir. Pas les voir ainsi, quand on pense à tout ce qui s'est passé après. Elle fait trop mal, cette image, cette icône. D'ailleurs, je n'ai conservé à la vue, dans des cadres en argent par exemple comme on fait dans les bonnes familles, aucune photographie de mes parents chez moi. Ils sont déjà trop omniprésents. Elles me feraient trop de mal — moi aussi, j'ai le droit d'avoir mal comme un chien écrasé, faut-il le revendiquer ? —, réveilleraient trop de nostalgie. Je les garde à l'intérieur, bien au chaud, dans les fins fonds. Où je les fuis éperdument. Et du coup, c'est aussi ma propre vie que je passe mon temps à fuir, à toutes jambes.

Mon père avait obtenu le prix Goncourt pour *Les racines du ciel*, cinq, six ans auparavant. Ma mère avait tourné *Saint Joan* sous la férule sadique d'Otto Preminger, et *À bout de souffle*.

L'Amérique la réclamait autant que la France. Mon père acheta l'appartement de la rue du Faubourg-Saint-Germain — sur un coup de tête, sans en parler à personne. Ils engagèrent un décorateur en vogue et firent remodeler les trois cents mètres carrés de cette habitation trop classique pour eux. Sous le regard désespéré du maître décorateur de cinéma et connaisseur Trauner qui voyait partir les parquets de Versailles et les cheminées d'époque à la casse. Les lampadaires et les hautes bibliothèques en bronze étaient de Diego Giacometti. Les canapés en cuir du meilleur designer italien. Le bureau de mon père fait sur mesure, avec trois plaques d'ardoise lisse. Les tissus des rideaux les plus riches et raffinés. Et des tableaux, des tableaux partout. Que de la peinture contemporaine achetée dans les galeries de Saint-Germain, notamment celle de Karl Flinker, qui vendait les Toledo, les Karskaya, l'Alechinsky et parmi d'autres encore, j'y reviendrai, l'Erma.

Mon père conduisait une superbe berline Jaguar bleue, avec tableau de bord en acajou et sièges en cuir, ma mère une verte Camaro, en provenance directe des États-Unis, et une Austin Princesse.

Il y avait beaucoup de monde qui travaillait à la maison : Eugénie, ma gouvernante, ma mère espagnole, Célia et Antonia comme employée de maison et cuisinière, une secrétaire, dont j'ai oublié le nom, pour ma mère, une autre, Martine, qui tapait les manuscrits de mon père. Et puis il y avait mes frères humains, les chiens et les chats : Sandy, Pancho, Mosca, Cordobes et la vieille chatte noire et blanche Bipo, ainsi que les deux siamois qui furent plus tard, en Amérique, empoisonnés par la CIA et le toucan au bec multicolore dans sa superbe volière installée dans l'entrée du côté de l'appartement de mon père.

Mon père fit l'acquisition du grand appartement de la rue du Faubourg-Saint-Germain en 1961. Comme les travaux de la petite partie en duplex du premier étage tardaient à être effectués, mes parents prêtèrent les deux pièces à un jeune peintre qui leur avait été présenté par le galeriste Karl Flinker pour qu'il en fît provisoirement son atelier. Le peintre se nommait T., Thomas Erma, et il est le seul être que je n'ai pas connu que je fais entrer dans mon triste alphabet funéraire. Par amour, par admiration pour son talent.

Voici le peu de choses que l'on sait sur lui, d'après ce que l'on peut trouver sur Internet.

Né à Tartu, Estonie, en 1939. Sa famille émigre en Allemagne en 1941 puis aux États-Unis en 1948. Il vit de 1949 à 1957 entre le Texas et New York. Cette même année, il prend la nationalité américaine. Toujours en 1957, il part pour Paris où il étudie la philosophie à la Sorbonne, puis, en 1958, la peinture à l'académie Julian. Il peint de denses gouaches abstraites, des compositions gestuelles, puis à partir de 1960 des collages.

Il retourne à New York en 1962-1963. Une de ses toiles est exposée au musée Guggenheim. Il fait une exposition individuelle à Paris en 1962 et une autre chez Tooth and Sons à Londres en 1963. Il se donne la mort en 1964. Une de ses toiles est actuellement exposée à la Tate Gallery de Londres.

Je le tiens, c'est ma modeste mais profonde conviction, pour l'un des plus grands artistes de son temps, si brève que soit son œuvre.

Je ne puis penser à T., Thomas, sans penser à M., Martin.

Je crois que lui aussi était promis à un grand avenir artistique avant de chercher résolument à se jeter hors de la vie en se défenestrant, jusqu'à ce qu'il y parvînt de manière définitive par une triste journée de l'hiver 1991. Que Martin fût un authentique artiste, j'en tiens pour preuve, en dehors des petites toiles pleines de poésie que j'ai vues dans sa famille, chez ses parents, la statue d'une liseuse en papier mâché multicolore qu'il m'offrit et que je conserve précieusement, pieusement.

Martin était un jeune homme d'une nature apparemment rieuse, plein d'enthousiasme, sauvage aussi. Quelque chose en lui faisait penser à James Dean : son visage fin, sa petite taille, sa mince silhouette, ses cheveux blonds et ses yeux bleus qui semblaient toujours en état d'alerte. C'était une figure originale, qui travailla comme assistant pour plusieurs peintres pendant qu'il étudiait aux Beaux-Arts, qui cherchait des trésors dans les poubelles, qui s'était lié d'une vive amitié avec un vieux monsieur pornographe de son état qui avait connu René Char et qu'il voyait souvent tout en maintenant une correspondance assidue avec lui. Personnage espiègle, il fouillait aussi les poubelles des ateliers de lithographie et me proposa à plusieurs reprises, connaissant ma passion pour l'art, de m'offrir des épreuves qui n'avaient pas reçu l'imprimatur, je songe notamment à de très beaux travaux d'Alechinsky, que j'eus beaucoup de mal à refuser mais je ne voulais pas courir le risque d'être tenu pour trafiquant ou receleur.

Toutefois, là où M., Martin, se montrait le plus heureux, c'était dans la minuscule île de Keller, un lambeau de terre au nord d'Ouessant, ce qui en fait le point le plus à l'ouest de la France.

Ce rocher appartenait à la famille de sa tante et de ses nombreux cousins et l'on y menait, l'été, une vie primitive, spartiate, sans eau courante, se nourrissant grâce à la pêche ou à la chasse aux lapins. Parfois, je me dis que si l'été avait pu durer toujours sur l'île de Keller, meurtrie par les tempêtes en hiver, M., Martin, serait peut-être encore parmi nous, malgré le mal psychique dont je ne connais pas la teneur mais qui devait le ronger jusqu'à avoir raison de lui.

Je tenais à associer Martin, Martin qui me manque, comme Jean-François me manque, tous les jours, comme F., Francis, jeté par la vie dans la Seine un soir d'hiver, comme J.C. et tous les autres me manquent, il m'importait de faire une place à part à Martin dans mon mausolée intime. Et si l'association s'est faite, immédiate, avec T., Thomas Erma, c'est à cause du talent partagé — et gâché —, parce que tous les deux se sont donné la mort fort jeunes, mais aussi parce que de chacun d'eux je ne possède qu'une seule et unique œuvre que je chéris particulièrement, et elles sont les seules — parmi toutes les pièces conservées au garde-meuble — qui me suivent dans tous mes déménagements.

Là, nous étions la veille du départ, écrit l'Homme de San Sebastián en évoquant Sébastien Heayes.

De Paris, il ne me restait plus que ce café, au coin d'une rue.

À Paris, je ne pouvais plus sortir. Je voyais ta nuque blonde partout, à tous les coins de rue. Je ne parvenais à me traîner que jusqu'à ce café qui fait l'angle de la rue Vaneau et de la rue de Sèvres.

Tu n'habitais pas loin, je n'habitais pas loin.

Le Royal Sèvres, il s'appelle le café, avec son gros patron qui est en train de maigrir salement dans sa lutte contre la maladie. La mémère à son chien-chien, immonde : le chien-chien. Et l'Auvergnat rougeaud qui nous servait du sancerre, du champagne, quand on s'aimait bien.

C'est tout ce qui me restait de Paris, ce café.

Je me traînais là. Pour ne pas te voir. Pas te voir passer. Pas trop.

Et j'observais les jeunes hommes qui défilaient en remontant la rue. En me demandant lequel, peut-être, était ton amant.

Et ton fantôme immédiat faisait mal.

Au moins la chaleur incandescente de cette douleur brouillait les traces d'autres fantômes, plus anciens.

Il fallait partir.

En définitive, ce n'était rien, partir pour Barcelone. Ni pour Marienbad ni pour Samarcande.

Partir. Partir, ç'avait été quitter la rue du Faubourg-Saint-Germain, la moitié d'appartement dans laquelle je m'étais réfugié, replié. Je me tenais là, envahi de meubles, d'objets, de tableaux, autant de souvenirs du passé, des fantômes, et la médecine, par la voix de la psychiatrie, me disait, me répétait sans cesse :

— Il faut partir. Il faut quitter l'appartement de la rue du Faubourg-Saint-Germain.

Je me tenais derrière les hautes fenêtres, je contemplais le paysage familier de l'appartement d'en face, avec ses plafonds peints de cupidons, les commerces, j'observais les passants que souvent je croisais dans la rue et je me répétais comme une litanie l'impératif catégorique de la Faculté :

— Il faut partir. Partir.

L'essentiel de la capitale avait déjà disparu à mes yeux. Les murs de mon trajet de lycéen, les Invalides, la tour Eiffel, tout Paris avait perdu de sa consistance, s'était effacé, étiolé pour moi, comme si la ville entière avait été dévorée, dérobée depuis que mes parents, depuis que mon père n'y pouvait plus poser son regard. Il me restait l'Institut médico-légal, le Père-Lachaise et, toujours, la rue du Faubourg-Saint-Germain.

Qu'allait-il rester de moi, de nous, si je partais ? Les murs, les derniers remparts de la réalité s'effondreraient.

Il n'y aurait plus qu'un vide sidérant. Je ne pourrais plus chercher l'ombre d'Eugénie, de mes parents, de mes frères humains les animaux domestiques. Il ne subsisterait plus rien. Que le vide, le néant et la douleur. Et la nostalgie, comme un ciel gris d'hiver qui perdurerait indéfiniment.

Au bout de quatre ans, c'est grâce à Aube, AubeetSébastien depuis notre coup de foudre de Deauville, que je suis parti.

Il a fallu du temps, de la patience, beaucoup parler. Il a fallu qu'elle parvienne à me faire rêver à un avenir, mot que j'avais rayé de mon dictionnaire intime. Mais elle me voyait, errant dans le duplex, me statufiant à chaque instant devant un souvenir — tiens, ce tableau aux dominantes vertes et jaunes d'Olivier Debré, fleuve de couleurs subtiles dans lequel j'aimais à naviguer, ce tableau ne correspondait-il pas, comme la photographie évoquée plus haut, aux sept années de bonheur que connurent mes parents?

Aube s'efforçait de me ramener à la réalité :

— On ne peut pas s'en tenir à la peinture française des années soixante. Ni au grandécrivain si grand soit-il ni à la beauté et au talent broyé de ta mère. Tu as ta propre vie à vivre, par-delà ce champ de ruines. Nous avons notre vie à construire.

Alors elle me prenait par la main, m'arrachait aux décombres et me faisait voyager. Londres, Bruges, Rome, la côte amalfitaine, Pompéi, où les restes du bistrot du coin me sidérèrent autant que le bordel, je m'y voyais bien avec mes amis romains, le coude au comptoir, quand toutes ces cendres, puis toute cette lave dévalèrent, nous momifiant, nous transformant en statues convulsées.

Il y eut aussi Capri et les balcons de ce palace tombé en désuétude qui donnait à pic — il suffisait d'un pas de trop, d'un balancement — dans le vide.

Et ce voyage en Andalousie, lors de l'Exposition universelle de Séville en 1992, et le périple à travers les villages étincelants de blancheur, près de Ronda ou de Cordoue, et l'émerveillement de l'Alhambra de Grenade. Et la redécouverte du ski, dont elle me réapprit la pratique — j'avais presque tout oublié de mes leçons d'enfant du temps d'Eugénie, à Zermatt.

Elle me faisait voyager autant qu'elle le pouvait pour m'arracher au passé et à mon immobilité. Je me souviens que lors d'un bref séjour à Milan — dont nous ne vîmes que le Duomo, la luxueuse via Palazzo Reale et des travestis à tous les coins de rue — il nous fallut — il ne restait pas une chambre d'hôtel, ce devait être le Congrès mondial des travestis et transsexuels — dormir dans mon premier hôtel de passe, habillés de la tête aux pieds dans des draps plus que douteux.

Au cours de ce même périple, nous allâmes jusqu'au lac Majeur, passant une des plus douces et tendres de nos nuits dans une pension qui donnait sur les îles Borromées. Nous avions hérité d'une vaste chambre avec lavabo. Les douches étaient en commun. Et nous passâmes la plus grande partie de la nuit blottis l'un contre l'autre à nous caresser en écoutant le vent et la pluie qui martelaient les volets.

Nous nous rendîmes également à Amsterdam, que nous parcourions à vélo Gazelle, moi toujours essoufflé derrière elle. Nous y visitâmes le musée Van Gogh où les œuvres de jeunesse me marquèrent, elles paraissaient faites de boue tant la lumière manquait.

Il y eut aussi un moment précieux lorsque nous

pénétrâmes dans une galerie qui était une maison entière et qui exposait les tableaux du groupe Cobra.

Le soir, la manière de vivre des Néerlandais nous surprenait. Il n'y avait nulle part ni stores ni rideaux aux fenêtres des appartements. Éclairés, on voyait tous les intérieurs et les habitants qui vaquaient à leurs occupations.

En revanche, il n'y eut visite ni du quartier rouge ni des coffee shops.

Sébastien Heayes était un jeune homme réservé et obéissant à l'époque et Aube ne plaisantait pas avec ce genre de choses.

Toutefois, le soir, nous allions boire quelques bières dans le centre-ville, dans un bar voué aux Rolling Stones où on ne jouait que leur musique. Partout où elle le pouvait, elle m'entraînait, me traînait. Et sur les photographies qui, en dehors même de ma mémoire, subsistent de notre bonheur, on la voit toujours un pas en avant, me tirant sur des escaliers, ou sur une plage déserte du nord de la Sardaigne, ses bras agrippés aux miens.

L'Homme de San Sebastián écrit :

— Cétacé, décréta Nadia à qui j'avais fait lire *Belle du Seigneur*, *Solal*, *Mangeclous*, *Les valeureux*, tandis qu'elle me faisait découvrir *Nadja* et *L'amour fou* de Breton, ainsi que l'organiste noir virtuose Jimmy Smith. Maintenant on part. Je t'emmène à Barcelone et tu commences une nouvelle vie. Ça suffit de rêver dans le vide !

Comme d'habitude avec Nadia, on a couru. On

a couru pour héler un taxi, pour acheter les billets, pour ne pas manquer le train, même à l'intérieur du Talgo on a couru — elle bousculait tout le monde sur son passage, me frayant un chemin — pour obtenir une table au wagon-restaurant.

Après le dîner, bien arrosé comme il se doit, Nadia a pris possession du bar. Tandis que je sirotais tranquillement, assis sur mon tabouret, mes gin-tonics, elle conversait avec quatre ou cinq quinquagénaires qui lui faisaient du rentre-dedans. Cela dura jusqu'à la fermeture du bar.

Le steward dut nous tirer de notre cabine le lendemain matin, nous étions déjà en gare de Barcelone lorsque nous nous réveillâmes avec une respectable gueule de bois.

Bien qu'elle ait été remodelée lors des jeux Olympiques, je pense toujours à E., Eugénie, quand je pose le pied sur le quai de la Estacio de França. C'est là que j'appris, par son fils, il y a trente ans, qu'Eugénie était morte. Pendant la nuit.

Comme toute bonne pute, maquerelle, hétaïre, amazone — comme on voudra — qui se respecte, Nadia avait pour bagage un sac Vuitton qu'elle me fit porter jusqu'au buffet de la gare.

De l'autre main, je portais ma valise de chair et de sang, d'entrailles et de viscères, de membres déchiquetés, compressés et sanguinolents, tout le répertoire de ma douleur.

Après avoir bu plusieurs litres de café, elle a voulu voir la mer et les Ramblas. Alors nous sommes partis sur la gauche de la Estacio de França et nous avons pris le paseo Marítimo, où se trouve le port avec tous les bateaux. Le port l'a déçue, malgré ses voiliers et ses yachts de luxe à quai, elle s'est écriée : « C'est pas la mer, ça ! » et elle a rigolé un peu plus loin, devant la statue de Colomb qui lui semblait davantage pointer vers une ecstasy-party à Ibiza que vers les Amériques. À cette heure matinale, les services municipaux nettoyaient les Ramblas de toute leur crasse de la nuit et il ne restait qu'une longue promenade vide, bordée de platanes, les kiosques à journaux ou à animaux fermés et un doux soleil presque printanier qui nous caressait le visage en guise de bienvenue.

Nadia était aussi à l'aise dans un hôtel de passe que dans un palace, aussi, après avoir traversé la place de Catalogne — où enfant, avec Eugénie, je jouais à courir après la multitude de pigeons —, nous nous sommes engagés dans le prestigieux passeig de Gràcia et elle m'a entraîné au Majestic, l'un des plus luxueux hôtels de la ville, où elle m'a fait prendre une chambre.

— Repose-toi. Je vais me promener. File-moi du blé. Et si tu te réveilles, fais-toi beau. Rase-toi, douche-toi, mets un costume, t'es pas mal comme mec, il faut en profiter.

Et elle m'a embrassé avant de sortir, son manteau sur l'épaule.

Dans le minibar, j'ai trouvé de quoi me concocter un gin-tonic, que j'ai avalé d'un trait avec un tranquillisant. Cinq minutes après, je dormais.

Quand je me suis réveillé, elle avait arraché le tissu des murs, dessiné au Crayola des graffitis sur les parois de la chambre sens dessus dessous, elle se tenait au bord du lit, ses cheveux jaunes hirsutes, et elle pleurait.

— Je te hais ! a-t-elle crié dès qu'elle a vu que

j'étais éveillé. Je hais Monsieur Saint-Germain-des-Prés. Tu n'as fait que te servir de moi pour que je te tienne la main. Tu as utilisé ma chatte comme un exilé politique qui cherche une terre d'asile, n'importe laquelle. Tu es un squatter de culs et de cœurs.

J'ai essayé de la calmer mais il n'y avait rien à faire, elle pleurait, criait, m'insultait, donnait des coups de pied — avec ses chaussures comme des armes — dans les meubles.

Avant que j'aie eu le temps de lui dire quoi que ce soit qui puisse la ramener à la raison, elle s'est levée d'un bond, elle a jeté dans son sac de pute Louis Vuitton les trois ou quatre affaires qu'elle en avait sorties et, enfilant son manteau, elle m'a hurlé :

— Ne m'appelle plus ! Oublie-moi ! Ne m'appelle plus jamais !

Et elle est partie en claquant la porte.

J'étais seul. Seul à Barcelone. Je l'avoue sans aucune honte, la première chose à laquelle j'ai pensé, ce n'est pas l'ouragan qui venait de s'abattre sur moi, je n'ai pas pensé à la tristesse de perdre Nadia, à sa douleur, à sa folie. J'ai pensé : je suis seul. Non, ce n'était pas la perte de Nadia qui me semblait intolérable, c'était ma solitude et la peur, l'angoisse qui l'accompagnait. Et, comme par un glissement de terrain, c'est le souvenir de ma mère, rue Vaneau, à l'Hôtel de Suède, la dernière fois que je l'ai vue, qui est venu accaparer mon esprit tétanisé.

Bien entendu, je ne savais pas, je ne pouvais pas

savoir, qu'il s'agissait de la dernière fois que je la voyais. Elle était calme. Elle venait de vendre à la va-vite son appartement de la rue du Faubourg-Saint-Germain (celui qu'elle avait acheté quelques années après le divorce, au fond de la voie privée où se trouvait le grand appartement familial). Je lui ai demandé ce qu'elle comptait faire et elle m'a dit qu'elle allait peut-être partir pour Barcelone, qui sait, pour ouvrir un restaurant.

Et lorsque je repense à ces mots, un voile tombe, comme ces bandeaux que j'avais la sensation que Nadia m'enlevait pour mieux voir la vie en face — les putes, les maquereaux, les gens intéressés, les gens bien —, il me revient en mémoire que vers la fin de sa courte vie, de fait, ma mère a effectué, elle aussi, un voyage à Barcelone mais que les amis qu'elle escomptait retrouver lui ont fait faux bond et qu'elle aussi s'y est sentie seule et abandonnée, et je comprends mieux — une image de pas, de traces fossilisées s'impose à moi — ce que je suis venu faire dans cette ville que je n'ai jamais aimée, malgré Eugénie qui était enchantée par les tapis de fleurs jaunes au pied des acacias.

Oui, je suis certainement venu dans la Cité comtale dans l'ombre de ma mère, en poursuivant son rêve, l'un de ses derniers rêves.

La chambre de l'Hôtel de Suède, rue Vaneau, était triste, vieillotte, mais spacieuse, avec des tentures bleu roi, des appliques dorées de style ancien, des fauteuils recouverts de tissu à fleurs de lis d'un jaune passé.

Face à moi, entre les deux fenêtres, ma mère,

qui ne mesurait qu'un mètre cinquante-six, me paraissait plus petite que jamais. (Un bibelot de verre fragile prêt à se rompre à tout moment !) Le lendemain, je partais en vacances aux États-Unis et je lui ai demandé si son dernier mari allait la rejoindre.

Non, ils allaient divorcer. Son dernier amant ? Non, c'était fini, c'était un voleur. (Et en effet, celui-ci vida intégralement l'appartement de ma mère, ce qui fit qu'il ne me resta d'elle, à part la tête d'obsidienne offerte par Malraux et qu'elle m'avait donnée, que le pendentif et les deux bagues de pacotille que l'on retrouva sur elle lors de son décès. Par chance le tableau d'Olivier Debré, dont les subtiles nuances de couleur me faisaient rêver, naviguer, voyager, fut sauvé du pillage car mon père demanda à le conserver en souvenir du temps de leur idylle.

Je lui ai demandé si elle voulait que je reste, que je l'aide dans son départ pour l'Espagne, ou à trouver un nouvel appartement à Paris, si elle changeait d'avis. La voir si esseulée faisait plus que m'inquiéter, cela me paniquait. J'avais vécu l'essentiel de ma scolarité au lycée avec le sentiment de l'imminence d'une catastrophe. Un jour, la porte de la classe allait s'ouvrir en plein cours et je serais convoqué chez le proviseur qui m'annoncerait qu'elle était parvenue à se donner la mort.

De fait, alors que j'avais quinze ans, un matin d'hiver rue du Faubourg-Saint-Germain, mon père ne m'avait-il pas laissé KO debout en m'annonçant : « Tu sais, un jour elle y arrivera, un jour ta mère se suicidera » ? Pétrifié, la tête basse, j'avais accueilli le présage sans révolte apparente face à un homme qui m'effrayait et que je croyais omnipotent et omniscient; mais une voix d'adolescent rebelle s'insurgeait en silence : Et toi, Ivan Alejandro! Ne peux-tu faire quelque chose? Il y avait toutefois un je-ne-sais-quoi de résignation et d'évidence dans les mots terribles de mon père qu'aucune parole de déni ou de révolte ne parvint à s'extraire de ma bouche.

Deux mois s'étaient à peine écoulés depuis le dernier séjour de ma mère en clinique.

Un brave homme l'avait retenue au tout dernier moment par les épaules alors qu'elle allait se jeter sous le métro. Jusque-là, avec plus ou moins de clairvoyance, elle avait toujours trouvé des bras d'homme — honnêtes ou indélicats, odieux parfois — pour l'enserrer et la protéger de la solitude, ainsi que, tant bien que mal, d'elle-même.

Comme moi, Sébastien Heayes, j'avais toujours trouvé une main, voire une chatte s'il le fallait — c'était généralement le cas, pour avoir droit à la main, il fallait à l'accoutumée sacrifier à la chatte et la tête la première le plus souvent — jusqu'à ce jour où Nadia me lâcha, comme on avait délaissé ma mère, à Barcelone.

On la considérait comme une nymphomane, elle faisait don de sa personne, de sa beauté, de son corps après avoir déjà donné tout le reste, elle partageait, pour ainsi dire démocratiquement. Elle était le pain du partage. Ou alors, ou aussi, c'était seulement en enlaçant un homme qu'elle trouvait une manière de se raccrocher à la vie, cette vie qu'un poison intérieur lui ordonnait de détruire. Et quelle différence y avait-il entre sa nymphomanie et la mienne, mon donjuanisme de bas étage, tous ces cunnilingus pratiqués sur d'honnêtes filles, sur des salopes, sur toutes sortes de putes : rester en vie, accompagné, pas seul, en les léchant les unes après les autres, les muqueuses, les grandes et petites lèvres, le vagin, le clitoris, et en pénétrant ces corps, ces organes s'il le fallait, comme il le fallait, autant qu'il le fallait pour ne pas être seul, pour qu'Eugénie ne disparaisse pas, pour qu'elle ne me lâche pas la main.

À mon insistance pour annuler mon voyage et rester à ses côtés, ma mère répondit que ce n'était pas à moi de le faire, qu'on avait besoin d'un champion de tennis dans la famille (j'allais faire un stage dans un campus) à défaut d'avoir le plus grand gardien de but de tous les temps ; elle m'assura qu'elle allait bien, qu'on avait trouvé le bon traitement, qu'elle avait des projets — cette idée de restaurant au soleil — et puis que peut-être, lorsqu'elle aurait perdu du poids, elle pourrait revenir au cinéma.

D'ailleurs, elle avait aussi envie de se lancer dans la mise en scène. Son court-métrage sur Billy the Kid avait été très apprécié. Et puis, insista-t-elle, elle avait ses médecins et ses amis, pour veiller sur elle, ce n'était pas à moi de le faire.

J'avais des doutes sur les médecins, qui semblaient ne pas pouvoir enrayer le cercle vicieux de culpabilité et encore davantage sur ses « amis » qui m'apparaissaient comme des parasites intéressés, prêts à tout grappiller des restes du naufrage ou à l'utiliser à la moindre occasion. Je lui fis promettre de ne pas faire de connerie. Puis je serrai longuement ma miniature de mère entre mes bras d'adolescent et je partis l'âme inquiète, tant elle me semblait perdue et déplacée, dans cet hôtel démodé, elle qui avait connu tous les fastes et tous les luxes et qui était maintenant comme sur un fil après avoir été acculée à vendre son bel appartement.

J'ai toujours été prêt à tuer pour ma mère. C'est la première chose que j'ai pensée en foulant le bitume de la rue Vaneau. Je n'en avais sans doute pas clairement conscience lorsque j'étais plus jeune, mais cela a toujours été le cas. Les salauds qui l'entouraient abusaient, pillaient son âme. Le FBI et la CIA qui la mettaient sur écoute téléphonique et la persécutaient. La presse qui la déshonorait.

Même enfant, j'étais prêt à toutes les violences pour qu'elle soit à moi, n'ait d'yeux que pour moi.

L'hôtel de la rue Vaneau, la déchéance dont il était imprégné, qui suintait de ses murs, me faisait penser par contraste aux jours glorieux, et comme symbole de cette époque à la villa somptueuse de la via Appia, à Rome. Et cela me ramenait à ma violence, à un aveu.

— Tu es sûr que tu tiens à en parler, à évoquer ce secret enfoui ? me demande l'Homme de San Sebastián, qui en sait long, qui sait tout, probablement même des choses qui se sont dérobées à ma mémoire, ou que je n'ose pas voir.

— Oui, désormais je peux. Je n'ai plus peur. De rien ni personne. Et je me fous du qu'en-lira-t-on. C'est l'Exposition Universelle. Je n'ai rien à cacher. J'ai accompli le vœu de mon père et de ma grand-mère avant lui : je suis dur, je suis fort.

Je me disais donc que j'étais prêt à tuer pour ma mère, que, sans conteste, je le suis encore aujourd'hui. Si je ne m'étais coupé du monde et condamné moi-même à une peine de sûreté de vingt ans, peut-être séjournerais-je effectivement en prison, tant me consume un feu de hargne, de rage, de haine, pour tout ce qui concerne ma mère, pour les mensonges, les aberrations, les horreurs, que j'ai dû lire dans les journaux, dans les livres.

Le sentiment d'injustice face à ce qui a été écrit, ou dit, sur cette femme fragile, dont la beauté, chaque jour, chaque année qui passe en essayant de m'éloigner d'elle, m'apparaît plus fulgurante, cette femme généreuse — peut-être maladivement généreuse — au point de se ruiner en donnant tout, y compris, faute de mieux, comme pour permettre l'accès de tous à la beauté, son corps, oui, le sentiment d'injustice est si fort qu'il me vient le goût du sang à la bouche; et je me retrouve surpris de ne pas avoir commis de meurtre compte tenu de tout ce que j'ai dû avaler, endurer.

Mais à dire vrai, j'étais déjà prêt à tuer pour elle de son vivant, non seulement à cause de toute la racaille qui l'entourait, mais aussi tant j'avais besoin qu'elle me porte son attention, à moi et à personne d'autre.

Un jour, lors d'un tournage à Rome, dans la villa à la piscine aux mosaïques de tous les tons et nuances de vert, on avait fait venir pour moi, avec sa mère, un jeune compagnon de jeu. Ma mère l'avait longuement embrassé, lui avait caressé les cheveux, elle n'arrêtait pas de lui dire combien elle le trouvait beau.

On nous avait demandé de faire attention, de ne pas jouer trop près de la piscine, le jeune garçon ne sachant pas nager. Puis les adultes s'étaient éloignés dans le jardin.

À peine furent-ils hors de vue, je poussai le jeune garçon dans la piscine. Il faisait des gestes désespérés pour regagner le bord; je lui envoyai un ballon en guise de bouée de sauvetage, pris de remords, sans succès : il ne parvenait pas à l'attraper. Ses cris s'étouffaient sous l'eau qu'il avalait. Je finis par me jeter à l'eau pour lui porter secours, il continuait de se débattre, s'agrippait à moi, ma tête aussi s'enfonçait dans l'eau et nous étions sur le point de nous noyer tous deux lorsque le chauffeur passa par hasard et parvint à nous tirer de la piscine et à nous sauver.

Si l'incident de la piscine fut le plus marquant, le plus explicite, multiples furent les occasions où je fus sujet à des crises de violence parce que je sentais l'attention de ma mère détournée de moi.

C'était pratiquement le cas à chacun de mes anniversaires, journée que ma mère me dédiait, qu'elle préparait avec soin. Il suffisait qu'elle montre une sympathie particulière pour un de mes petits camarades pour que je devienne enragé. Ainsi, une fois, lors d'un pique-nique au bois de Boulogne, poursuivis-je mon ami Olivier avec la ferme intention de lui fracasser une bouteille de verre sur le crâne. Une autre année, lors d'un déjeuner dans une pizzeria que ma mère avait réservée pour nous tous, le déjeuner se termina en pugilat, je me ruai pour le rouer de coups sur un camarade dont le nom, Jean, m'est resté en mémoire, parce que je trouvais qu'il accaparait trop l'attention de ma mère.

Il y eut d'autres scènes de violence, mais dans

un contexte plus grave que celui de la jalousie enfantine.

L'homme se nommait Ahmed Kemal et c'est avec une répulsion mêlée de malaise que j'écris son nom. C'était un membre de l'organisation extrémiste des Panthères Noires, et si c'est avec une répulsion certaine, teintée toutefois d'angoisse, que j'évoque son souvenir, c'est parce qu'il fut plus tard condamné pour meurtre et exécuté sur la chaise électrique.

Malgré mon hostilité à la peine de mort, je n'éprouve pas suffisamment de commisération à l'égard de cet homme brutal pour lui ouvrir les portes de mon alphabet funéraire. Il n'y aura pas de A — les A sont préservés pour l'instant —, pas de J, pas d'autre J que celui de ma mère, Jean (il me coûte même d'écrire l'initiale de son prénom, tout comme je ne supporte guère de voir son visage sur un écran de cinéma, de télévision, je change immédiatement de chaîne, sur une photographie, sauf peut-être celle déjà évoquée — et dont j'ai le sentiment d'être né, où elle se réfugie dans les bras de mon père, rayonnante, totalement livrée à lui).

Je revois encore aujourd'hui le lit défait, les draps froissés dans la couche qu'il partageait avec ma mère, et j'éprouve détresse et profond dégoût.

Non pas parce que je sentais, malgré mon jeune âge — je devais avoir sept ans, c'était juste après la séparation de mes parents qui devaient être en instance de divorce et mon père n'avait pas encore obtenu la garde —, que c'était un parasite, un prédateur, un vautour manipulateur, mais il m'ignorait — moi, le petit prince blanc — ou me parlait avec dédain. Souvent il s'adressait à ma mère avec violence, pour enfoncer en elle le clou de la culpabilité luthérienne et la faire cracher davantage au bassinet, lui soutirer plus d'argent encore pour la Cause.

Tout cela se déroulait dans une élégante et très classique demeure — parquets, moulures, lustres au plafond — que ma mère louait au bout de la très chic et élitiste voie privée de la cité de Varenne.

Je ne regrette pas mes mots :

— *Fucking nigger !*

Je ne regrette pas mes mots, même s'il a grillé sur la chaise, même si je suis la personne la plus étrangère au racisme qui soit : j'y reconnais la part la plus répugnante de notre humanité inaboutie. Il s'agit là de la «bête immonde», qui sommeille en chacun de nous, dont «le ventre est toujours fécond», celle que mon père évoque à maintes reprises dans ses livres, citant Brecht. Et je crois pouvoir ne pas douter que si j'avais été adulte durant ces années-là moi aussi j'aurais défendu la cause des Noirs, lutté pour les droits civiques, mais je l'espère sans me faire manipuler comme ma mère le fut en souffrant que l'on joue sur son sentiment de culpabilité de star de cinéma, blanche, luthérienne, issue du Middle West paumé. Et je ne me serais pas mêlé à des hommes qui étaient davantage des voyous, des maquereaux que des apôtres de la liberté et de l'égalité des hommes de couleur.

— *Fucking nigger !*

Les mots me sortaient du cœur.

Ce type n'était pas un Noir, ce n'était pas un

homme de couleur, c'était purement et simplement une ordure, capable de terroriser ma mère comme il me terrorisait en ce moment; et moi, pour lui, j'étais un sale petit cul blanc privilégié, un «*crack ass hanky*», comme il hurlait. Je ne me souviens plus de ce qui avait déclenché l'incident. Nous étions en train de finir de déjeuner, lui, ma mère, Eugénie et moi, autour de la grande table ovale lorsque je lui envoyai soudain le chandelier en argent en travers de la gueule.

De toutes les manières, nous vivions sur le pied de guerre en permanence.

J'avais beau avoir sept ans et sans doute ne mesurer guère plus d'un mètre vingt, j'étais prêt à en découdre avec ce géant de presque deux mètres. Il se mit à avancer vers moi lentement, résolument, les poings serrés. Il me lançait, en hurlant, des bordées d'injures et des menaces dont celle que je comprenais le mieux était :

— *I'm gonna kill this little bastard!*

Je fus pris d'une peur panique et courus me réfugier au sommet d'une bibliothèque dans la pièce adjacente, dont les étagères culminaient à plus de trois mètres de haut. Ma mère, qui de prime abord avait dû s'apprêter à me gifler et à me faire la leçon, fut elle aussi prise de peur devant tant de fureur et s'interposa entre l'homme et moi en répétant :

— *He's just a kid, he doesn't know what he's saying. Don't hurt him, don't hurt him please!*

Et Eugénie, qui s'interposait aussi, criait avec son accent espagnol :

— Il faut appeler Monsieur Ivan tout de suite!

Je ne me souviens plus avec exactitude de

comment le conflit se résolut, si ce n'est que je restai — ce qui me sembla être des heures interminables — recroquevillé tout en haut de la bibliothèque. Je pense qu'Eugénie avait pris les choses en main et appelé mon père. Le fait est que, bien qu'il n'eût pas encore obtenu officiellement la garde, je retournai, avec Eugénie, vivre avec lui dans l'appartement de la rue du Faubourg-Saint-Germain.

Ces derniers jours, l'Homme de San Sebastián n'est sorti que pour déjeuner, toujours à la taverne Etxebarri, située deux rues derrière l'appartement, et le soir il s'est rendu dans le quartier plus animé du vieux port, vers vingt et une heures, dîner dans un restaurant simple et sans apprêts ou manger des *pinchos* dans une des nombreuses tavernes de la Parte Vieja.

Mais là, il se sent épuisé.

Les souvenirs qu'il vient d'évoquer l'ont laissé l'âme en berne. Il sent le poids de la solitude, des embruns de tristesse semblent venir heurter son visage, son esprit.

Alors il quitte sa table de travail, l'appartement, plus tôt que d'habitude.

Il marche le long de la Concha, en admirant les fioritures en fer forgé, finement ciselées, de la balustrade ; respirant, lui semble-t-il, au rythme du flux et du reflux de la mer. Cheminant toujours vers la gauche, vers la plage d'Ondarreta qui se trouve au pied des contreforts du Monte Igueldo, il pénètre dans le seul bar qui donne sur l'océan, La Perla, situé au-dessus de l'ancien établissement balnéaire transformé en centre de thalassothérapie, à quelques centaines de mètres du palais et des jardins de Miramar.

Il s'assied sur un tabouret au comptoir en bois verni et commande, lui qui ne boit pour ainsi dire jamais plus, une coupe de champagne.

Ce sera du cava espagnol, Anna de Codorníu, lit-il sur l'étiquette tandis qu'on le sert. L'Homme de San Sebastián se sent à l'aise dans ce bar. La coupe à la main, il fait demi-tour sur le tabouret, contemple la mer dans le lointain, la salue en levant son verre dans sa direction et boit lentement une longue gorgée. Puis il se retourne vers les étagères du bar chargées de bouteilles multicolores, les coudes au comptoir, la coupe entre les mains.

Le désarroi intérieur qu'il éprouvait dans l'appartement et qui s'était prolongé durant sa déambulation le long de la plage s'estompe, s'étiole. Il apprécie la musique harmonieuse et paisible, dont le volume n'est pas trop élevé, du jazz, du blues, du rhythm and blues ; d'ailleurs les murs orangés peints à l'éponge sont couverts d'affiches de grands musiciens du jazz. Les trois tables en contrebas sont occupées par des jeunes gens. À la droite du bar, il y a un corridor et l'on devine une autre salle, aux tables et aux fauteuils bas, qui semble vide à cette heure de la journée.

Très fugacement, l'image de l'actrice Jean Seberg conduisant un jeune adolescent à travers les allées du bois de Boulogne et souriant de la présence des prostituées au cours d'un froid après-midi d'hiver s'est imposée littéralement à la vue de l'Homme de San Sebastián, mais ce n'est qu'une pensée extrêmement furtive, un éclair soudain et il ne s'y arrête pas. Il ne pense pas à la filmographie de cette actrice, ni à son destin tragique. Son esprit revient immédiatement à l'instant présent, glissant à nouveau sur le décor de La Perla, attentif à l'atmosphère qui l'entoure :

— Ça ne te fait rien d'évoquer la Renault 5 blanche, celle où l'on a retrouvé le corps ? demande alors une voix.

— Si, ça me fait mal. Ça me torture. Ça me glace et me déchire les entrailles. Et bien sûr cela s'accompagne du sentiment d'en dire trop, d'en vomir trop, d'être indécent. Les grandes douleurs sont muettes. Au silence, ne devrais-je pas être condamné par les Plus Hautes Instances de Justice de l'Humanité au silence ?

Il regrette, pour une fois qu'il boit, il regrette que ce ne soit pas un grand champagne. Mais le cava qu'on lui a servi semble correct. Il sait d'expérience que la première coupe ne provoquera pas d'ivresse. Toutefois, elle finira de l'arracher à la marée noire de ses pensées. Il sait, en revanche, que s'il prend une seconde coupe la griserie commencera à le gagner ; ce sera comme l'étole parfumée d'une femme élégante qui vous frôlerait le visage et l'âme, sur son passage. Alors il se mettra à rêver, à celles qu'il n'a pas eues, à ces êtres fugitifs et furtifs croisés dans le dédale de l'existence : cette femme à qui il a ouvert la porte d'un café et qui l'a remercié d'un sourire chaleureux, cette autre femme très brune d'origine maghrébine qui l'a regardé longuement à une terrasse un jour de printemps, cette jeunesse dont il a suivi la silhouette, marchant quelques pas derrière elle, plaça de Francesc Macià à Barcelone, puis craignant de l'inquiéter et n'osant pas l'aborder, il a abandonné sa filature, mais plusieurs jours durant il est revenu au même endroit, à la même heure, dans l'espoir de la croiser encore, cette femme élégante et longiligne, aux yeux d'un bleu très pâle, qui hantait de sa beauté, il y a vingt ans, la rue du Faubourg-Saint-Germain. Toutes ces femmes qui détiennent la clef des songes, qui sont des promesses d'avenir, de bonheur, oui, toutes ces femmes — et pour ainsi dire chaque jour — dont il avait le sentiment de tomber subitement amoureux et pour toujours, toutes ces passantes qui ont glissé sur les rivages de sa vie et qui se prêtaient, s'offraient à la cristallisation.

Et puis il y a eu E., Éléonore, dont il admirait le talent, la force de vie, la capacité, tout d'un coup, à monter sur un comptoir de bar et à se mettre à chanter de sa voix puissante et un peu rocailleuse. Éléonore était un éclat de vie et il n'a jamais su discerner s'il y avait quelque chose de l'ordre du sentiment amoureux dans l'attrait, l'élan qu'il éprouvait pour elle, ou s'il s'agissait simplement d'admiration devant son talent pour la peinture et pour la vie, avec sa gouaille et son entrain qui vous emportait comme une vague déferlante.

L'Homme de San Sebastián commande une seconde coupe de champagne, de cava. Il la boit en deux, trois gorgées. Presque instantanément, il se sent libéré de tous les malheurs du monde. La terre, la vie terrestre, ne pèse plus sur lui. Il est dans un état de douce apesanteur. Enfin, il n'a plus peur de mourir. Il se retourne pour contempler à nouveau la mer, les vagues comme des promesses de tendresse infinie.

Il s'imagine en Baja California, se souvient d'un livre de Steinbeck sur la mer de Cortez et s'imagine caressant nos frères humains, les baleines.

Il sait que s'il prend un troisième verre son regard s'attardera, s'appesantira même, sur des femmes trop jeunes pour lui. S'il prend une quatrième coupe, il vacillera, mais sera saisi d'une amitié immodérée pour le monde, il sera immortel, toutes les femmes, ou presque, lui sembleront d'une beauté, d'une douceur à couper le souffle. Et l'ivresse qui s'emparera de lui alors pourra le conduire à faire n'importe quoi, sans limites. Comme il a retenu les leçons de sa folle et dispendieuse jeunesse à retardement, il s'en tient là.

Deux coupes. Pas du meilleur champagne, hélas. Mais la légèreté est là.

C'est alors, un peu revenu à lui, qu'il prend conscience de la présence d'une femme extraordinairement belle, lui semble-t-il, à deux tabourets de lui, sur sa droite. Elle porte un tailleur jaune pâle dont elle a ôté la veste, et ce qui est remarquable, mis à part l'élégance de sa silhouette et de son maintien, en dehors même de son visage aux traits épurés et ses immenses yeux noirs, ce sont les longs gants noirs eux aussi, en satin dirait-on, qui lui montent jusqu'aux coudes.

L'Homme de San Sebastián ne veut pas importuner cette femme. Il la regarde à la dérobée. Il est séduit mais davantage encore déconcerté. Il lui semble, il a la conviction de connaître cette femme. Ou du moins que Sébastien Heayes l'a connue, il y a quinze, vingt ans. Et c'est lui, Sébastien Heayes, qui lui a offert ces gants en un geste désespéré de séduction. Mais c'était il y a si long-temps...

Comment se fait-il que lui ait changé à ce point, forci, que ses cheveux soient devenus poivre et sel et qu'elle paraisse toujours avoir vingt-cinq ans, trente tout au plus ?

L'étonnante jeune femme semble être une habi-tuée de La Perla. Elle converse avec le garçon. Par instants, elle caresse ses bras, ses gants. L'Homme de San Sebastián l'observe autant qu'il peut, mais avec toute la discrétion requise.

Malgré ses gants à la Rita Hayworth dans *Gilda*, elle a plutôt une beauté à la Ava Gardner, les yeux bleus mis à part, les siens sont d'une couleur charbon intense. L'Homme de San Sebastián attend. Il voudrait savoir si elle a rendez-vous et avec qui. Il tend l'oreille à la conversation avec le garçon. Il voudrait en savoir davantage, voler le moindre détail qui pourrait lui servir d'indice. La jeune femme se tient face au bar. Cependant, chaque fois que la porte s'ouvre, elle tourne la tête vers l'entrée comme si elle guettait une arrivée, comme si elle attendait quelqu'un. Elle boit des *mojitos* en parlant d'une voix douce, mêlée de rires et, par instants, teintée de nostalgie, avec le bar-man.

Puis, à un moment donné, celui-ci l'appelle par son nom : Marian. Et ce nom fait l'effet d'une explosion, d'un coup de tonnerre dans la tête de l'Homme de San Sebastián.

Il se dit, il dit à Sébastien Heayes : c'est Marian. C'est Marian identique à il y a quinze, vingt ans : alors il est saisi d'un vertige. Il ancre une ultime fois son regard sur le visage de la jeune femme, s'amarre un instant à celui-ci alors que tout paraît vaciller autour de lui : l'ovale de ses longs yeux noirs, sa bouche un peu trop mince peut-être, ses traits taillés à la serpe n'ont pas changé le moins du monde, n'ont pas pris une ride. Comme dans *Le portrait de Dorian Gray*. Elle n'a pas bougé d'un pouce.

Alors, il laisse un gros billet sur le comptoir, c'est tout ce qu'il a à portée de main, et part comme un voleur, à toute allure, sans prendre le temps d'enfiler son pardessus qu'il tient à la main, sans attendre sa monnaie. Il part se réfugier sur le sable de la plage, près du rivage, le cœur battant la chamade et l'esprit en bataille. Marian. Qui n'a pas changé.

Il chemine sur la grève que l'obscurité commence à envelopper, il essaye de retrouver son calme en écoutant le râle des vagues expirant sur le sable. Alors qu'il s'efforce de recouvrer son sang-froid en murmurant à mi-voix, comme un psaume, « Marian », « Marian », il est comme frappé au visage, saisi par l'image de Sébastien Heayes jeune adolescent que conduit à travers les allées occupées par des prostituées du bois de Boulogne sa mère, l'actrice Jean Seberg.

Sébastien Heayes est troublé par ces femmes à demi dévêtues dans la froidure et il saisit dans le rétroviseur le regard de sa mère qui sourit et qui lui souffle :

— Et dire que ton père a si peur que tu deviennes pédé !

Et elle éclate de rire. Alors, envahi, dépossédé de lui-même par le souvenir de la voix et du rire de sa mère, il se dit, il murmure :

— J'ai envie d'entailler les tableaux que j'aime : l'Erma, l'Alechinsky. J'ai envie de briser en fragments les lampadaires en bronze de Giacometti. Je voudrais me trancher la gorge, la carotide, me couper les veines aux poignets, comme Elle faisait, comme faisait la fée Clochette de l'hôpital minable en banlieue. D'une lame de rasoir, je voudrais me couper les seins et le sternum : faire une croix de sang (tirer une croix de sang sur le passé ?). Je me sens poussé à briser les vitres de mes poings nus, à m'ouvrir le ventre pour en faire surgir les entrailles. Du sang. Qu'une guillotine vienne trancher le cou à cette vie que je ne supporte pas, plus, comme Elle.

Elle évidemment. Et Lui, alors ?

Lui, j'ai le sentiment que c'était différent. Qu'il n'y avait pas cette haine, cette peine de soi, soi à supporter, soi à endurer. Il avait — du moins le croyait-il — accompli son chemin. Était allé au bout d'une vie riche, abondante, multiple. Océanique à certains égards, par comparaison avec nos petites marées, clapotis d'eau douce. Il s'était pleinement exprimé, c'est ce qu'il a affirmé, même si j'ai la conviction qu'il aurait encore pu tant dire, tant inventer. Si nous avions su l'aimer. Si nous avions su le soutenir dans sa détresse, sa mélancolie, profonde mais masquée.

Le savoir-vivre jusqu'au bout des ongles — le savoir-vivre à en mourir. L'aimer malgré sa gueule qui ne lui ressemblait pas, ses manières qui donnaient le change, sa force qui semblait le rendre indestructible, surhumainement invulnérable.

Autant la vie de ma mère était la chronique d'un suicide annoncé, autant il ne m'était jamais arrivé d'imaginer que lui puisse accomplir un tel geste. Le choc n'en fut que plus rude. Et dévastateur. Un océan, justement, de désespoir, de culpabilité et de honte de n'avoir su l'empêcher, mais en quoi cela était-il en mon pouvoir, entre mes mains?

Je ne savais même pas qu'il avait une arme, qu'il avait conservé son arme d'officier.

Il pleut sur San Sebastián. Un ciel noir, sans étoiles, a étalé son manteau sur la plage. C'est le fameux chirimiri qui tombe — cette pluie douce, mais têtue, insistante, persistante — comme une dépression. Qui vous mouille jusqu'aux os. Comme la dépression clôt vos yeux sur la vie.

L'Homme de San Sebastián retourne dans l'appartement, à sa table de travail. Il se remet à écrire. Il veut se réfugier dans l'écriture. Ne plus penser à Marian. À son mystère. À Elle; à Lui.

Il voudrait écrire sur E., Enrique, lui payer son tribut, mais c'est un autre E. — et lequel! — qui surgit, Eugénie qui vient flamboyer devant ses yeux, comme une brève hallucination s'emparant de son esprit tortueux qui semble avancer comme un crabe ivre.

Enrique était un père de remplacement. À Barcelone. Il faisait jouer le petit Sébastien Heayes « *à la marchande* » derrière son long comptoir en bois, où il réparait les bagages, les sacs à main, les porte-monnaie ou ajoutait des trous aux ceinturons. Le dimanche, il l'emmenait voir des matchs de football, des équipes régionales : le FC Europa et ses maillots bleu nuit, l'UE Sant Andreu, maillots rayés rouge et or. Il le conduisit aussi un soir à une réunion de boxe et ce souvenir lui est resté ancré à jamais. C'est peut-être de là qu'est venu à Sébastien Heayes le goût de peindre des boxeurs, des boxeurs en garde avec leurs gants aux poings, errant dans les ruelles sépia de la ville ; ou bien de simples têtes, martelées de couleurs, des taches de couleur comme autant de coups. Il garde en mémoire, en particulier, l'image d'un poids moyen blanc, à la peau si pâle, au short vert, et dont le corps, tailladé de partout, semblait saigner sous les directs, les crochets, les uppercuts qui signaient sa défaite, mais il refusait qu'on jetât l'éponge et ne se résignait pas à mettre un genou à terre : il voulait aller au bout du combat, coûte que coûte. Même s'il s'agissait d'une raclée, finir, finir debout.

Bien sûr, depuis, Sébastien Heayes a admiré Mohamed Ali, Briscoe, Monzón, Tyson, tous les grands boxeurs de ce siècle. Mais l'image de l'homme au short vert, si commun, dénué de la musculature spectaculaire des champions, ne se résignant pas malgré les arcades ouvertes et le sang qui lui dégoulinait le long du corps, lui est restée, indélébile.

Enrique était un ami de E., mon E., mon Eugénie. Ma mère espagnole, se dit Sébastien Heayes sous la plume de l'Homme de San Sebastián.

Et j'ai parlé l'espagnol avant même de parler le français, puisque c'est elle qui m'a élevé depuis mon plus jeune âge, depuis le berceau. Puisque c'est à elle que je dois d'être demeuré en vie, ne me résignant jamais, moi non plus — jeune boxeur blanc en sang roué de coups —, à faire du mal à l'enfant qu'elle a tant aimé et qui reste là, blotti, effrayé par la vie, au fond de moi.

Alors une scène revient à l'esprit de l'Homme de San Sebastián. Et avec le recul du temps elle lui semble cruelle — cruelle pour l'actrice Jean Seberg, sa mère. Eugénie et la jeune femme — Jean Seberg était encore une jeune femme, Sébastien Heayes devait avoir entre huit et dix ans si ce n'est moins ; les deux femmes étaient réunies dans la cuisine-salon du duplex où l'enfant vivait avec sa gouvernante et, spontanément, s'adressant à elles, le jeune Sébastien Heayes appelait Eugénie « Mama » et sa mère « Jean ». Jean Seberg ne releva pas. Elle ne fit aucune remarque. Elle se montra douce et rieuse, tendre comme chaque fois qu'elle se trouvait avec Sébastien Heayes, qui allait de mère, de père, de famille de substitution en famille de substitution : Eugénie, Enrique, les Lavalière, les Moreau, Luisa, R., Rosendo, et leurs filles Conchita et Merche, autant de familles d'accueil, souvent des familles nombreuses où il était un de plus, sans paraître souffrir des absences plus ou moins prolongées de ses parents.

Mais il ne s'agit pas ici de ressentiment. C'est un fait — on a peu de temps à donner à un enfant quand on est star de cinéma, voyageant de tournage en tournage à travers le monde. On a peu de temps à consacrer à un enfant quand on s'efforce de devenir grandécrivain, qu'on essaie de créer une œuvre, que vos personnages vous habitent, vous occupent — oui, l'Occupation — tout entier et que le reste du temps, si ce n'est l'angoisse et la dépression qui viennent vous dérober à vous-même, vous clore sur vous-même, on parcourt le monde pour des récits de voyage, pour votre œuvre ou pour une publication américaine.

Sébastien Heayes devenu adulte le comprend d'autant mieux que lui aussi s'efforce, depuis toujours pour ainsi dire, d'écrire et connaît le caractère captivant, obsédant, de cette activité, de cette passion.

Et Ivan Alejandro, le père illustre de Sébastien Heayes, se montrait toujours affectueux avec lui quand il le voyait, l'embrassant à la russe, sur les lèvres, avec sa barbe qui piquait le visage de l'enfant et qu'il a le sentiment de sentir encore aujourd'hui, avec ces accoutrements si changeants qui donnaient à Sébastien l'impression que son père, comme lui, jouait à se déguiser, même si durant cette petite enfance il le voyait peu, quelques flashs, quelques moments — de promenade avec la Jaguar par exemple — d'autant plus marquants qu'ils étaient rares et que Sébastien Heayes et son père — les deux hommes, serait-il tenté d'écrire — ne se rencontrèrent vraiment qu'après la disparition d'E., mon Eugénie, quand l'écrivain décida de prendre en main l'éducation de l'adolescent.

Mais, dans son récit, l'Homme de San Sebastián revient à E., son cher Enrique, qui vécut avec deux femmes comme Sébastien aurait peut-être souhaité pouvoir le faire : AubeetSébastien et l'Archange Gabrièle. AubeetSébastien et Ludmilla.

Arrivé à Barcelone depuis quelques jours, laissé à la dérive par Nadia, Sébastien Heayes se rattache à des lieux de procession, les sites de son enfance par intermittence catalane et son premier souvenir, hormis celui d'Eugénie dont il imagine le doux et frêle fantôme le guidant par la main à travers la ville, le conduit vers la boutique — qui était aussi son domicile — de E., Enrique.

À cause de ses vagabondages nocturnes, Sébastien Heayes tient la rue Marià Cubí pour une des plus belles de Barcelone. Elle part de la via Augusta, que l'on pourrait être tenté d'éviter, mais il faut tenir compte des éléments suivants : en face, sur la droite de la via Augusta, en remontant se trouve encore aujourd'hui un manège où, lorsqu'il était enfant, il connut des moments heureux. Un peu plus loin, toujours en remontant sur la droite de l'avenue, on ne s'arrêtera pas devant la façade grise, têtue, de l'église Sant Marc et l'on tournera à droite : on s'avance alors dans la rambla de Prat et, juste face au cinéma, on s'arrête pour rendre, avec Sébastien Heayes, hommage aux souvenirs. Devant l'entrée d'une petite boutique tout en profondeur, qui fut durant un temps la succursale d'une banque, avant d'abriter aujourd'hui un magasin de climatisation. Ce bref pèlerinage, rambla de Prat, face à la vitrine puis dans la boutique d'Enrique : un homme qui fut trapu, au visage marqué d'Indien, sa moustache et sa barbichette blanches, des mains larges et puissantes et chaleureuses lorsqu'elles enserraient votre épaule d'enfant, un Enrique, constate Sébastien Heayes, rien de plus, pas de nom de famille, pas un seul des patronymes, j'ignore quand il est

116

mort et où il est enterré exactement. Ce bref pèlerinage nous éloignera et nous retardera dans notre
pérégrination le long de la rue Marià Cubí, tenue
pour la plus belle de Barcelone. Mais on ne saurait toujours déroger au devoir de mémoire, se dit
Sébastien Heayes. On essaye d'y échapper. On
tâche de ne pas y penser. Nos morts, nos pauvres
morts. Dont le souvenir traîne ici et là. Et nous
accable, âmes en peine qui nous mettent en peine.
On veut couper court. Rire. Ne s'intéresser qu'à
l'architecture. À la danse des façades. Aux imbro-
glios des balcons en fer forgé, au ciel — ce mot
terrible — si souvent si bleu, mais on ne peut pas,
on capitule. Paris n'est pas la seule capitale de la
douleur. Oui, on s'abandonne à cette mémoire-là,
quoi que cela coûte à nos pauvres cœurs, désormais malades plus que de raison, plus souvent
qu'à leur tour, certainement plus souvent souf-
frants que bien portants. Tous nos pauvres cœurs.
Oui, nous avons tous beaucoup vécu, désormais.

E., Enrique est un mort dont on ne parle pas.

Pas d'article, de notice nécrologique, encore
moins de biographie ou de thèse, pas même une
plaque du souvenir commémorant son nom, ni
fleurs ni couronnes, de gerbe, comme celle imagi-
naire que Sébastien Heayes dépose en cet instant.
Et Sébastien Heayes se trouve hanté par cette
image d'une ville où chaque édifice serait saturé
de toutes les plaques du souvenir de ceux qui, un
jour, les habitèrent. Une ville comme un ossuaire.
Les catacombes à ciel ouvert, sur les murs, le béton,
la pierre de taille, les façades grises. Des strates de
plaques, désormais empilées, à l'horizontale, murs
bâtis de ces ossements.

La Pedrera de Gaudí ressemble à un ossuaire. Mais nous sommes rambla de Prat, où nous commémorons Enrique, un mort dont on ne parle pas. Pas même parmi les gens qui comme Sébastien Heayes le connurent.

Un mort qui n'a pas eu d'enfant.

Mais deux veuves qui l'ont peut-être pleuré. Sait-on jamais ?

Les deux femmes étaient semblables dans le souvenir de Sébastien Heayes. La soixantaine. La peau très pâle. Sans doute embrassée, pas même tiède, mais froide. Des cheveux qui avaient été blonds.

Et Sébastien Heayes qui est hanté par les mots autant que par les morts, qui est hanté par les phrases, répète, récite, se remémore comme un psaume, comme une prière à toute allure, volée, elle aussi, au vent, au néant.

L'épouse légitime et l'autre en blouse, de nylon. En dessous, un corsage au col dentelé, un corset couleur chair. Sébastien Heayes ne se souvenait pas des traits des visages, seulement de leur identique, divine pâleur.

Et il voyait la première femme, celle qui avait la prérogative de demeurer assise durant le repas, portant une blouse où se mêlaient le beige, le marron et comme des filaments de rose sale. Et l'autre, dont il avait aussi oublié le nom, s'il l'avait jamais su, portant un vêtement bleu, recouvert peut-être d'un tablier.

La pièce où l'on déjeunait se trouvait en contrebas au fond du magasin tout en longueur. Elle sentait l'huile d'olive frite. Elle était basse de plafond. D'ailleurs, ça lui revenait à Sébastien Heayes, les deux femmes étaient minuscules. Enrique ne devait pas être grand non plus. Difficile de mesurer, pour des yeux d'enfant. Difficile de mesurer ce qui vous attend, se dit Sébastien Heayes, qui était vêtu comme quelqu'un qui cherche à s'effacer.

Cela le faisait beaucoup rire, le mélodrame, Sébastien Heayes. C'était un principe ou une dernière politesse. Un des derniers principes, une des rares politesses qu'il lui restait. Il songeait à cela avec résignation. Devant la boutique. Rambla de Prat. Face au cinéma qui avait eu l'amabilité de se transformer mais de subsister.

Une résignation mêlée de désolation.

Les autres principes, il n'avait pas les moyens.

Il les avait laissés tomber les uns après les autres, sur la grand-route, sur le chemin. Il n'était pas à la hauteur pour tout un arsenal de principes. Pour les belles et grandes idées non plus. Il s'agissait juste de vivre encore un peu. De voir le soleil se lever un jour encore, comme l'Archange Gabrièle disait lorsqu'elle parlait de ses malades qu'elle accompagnait et soignait, qu'elle accompagnait et tentait de soigner, tous ces malades dont elle gardait le visage ancré en elle, les aider encore un peu, avant que la maladie ne devienne trop dégueulasse. Et Sébastien Heayes, qui n'avait entré que la tête dans ce qui était un magasin de climatisation et qui fut jadis une boutique de maroquinerie, où l'on réparait les sacs à main, les lourdes valises en vrai ou faux cuir, celles en tissu écossais, toutes sortes de valises, les fermetures Éclair aussi, où deux femmes pâles qui furent blondes se partagèrent le même homme, sans jamais se parler, durant près de trente ans, Sébastien Heayes recula vite devant le nouveau décor, propre et fonctionnel, le sourire du vendeur encravaté lui fit se demander quel vêtement portait Enrique lorsqu'il s'accoudait au long comptoir lustré, meurtri de cicatrices et qu'il souriait aux clientes de son sourire qui voyait ses yeux se plisser comme ceux d'un Indien. Près d'un quart de siècle plus tard, Sébastien Heayes croyait deviner que c'était pour offrir ce séduisant sourire aux femmes qu'Enrique avait vécu, et choisi ce métier de boutiquier, lui qui avait une gueule et une allure d'aventurier.

Des silhouettes, des visages eux aussi familiers lui reviennent en mémoire. Il les écoute parler. Les accompagne sur leur chemin un moment. Des mourants. Le même flou entoure leurs visages : ce brouillard qui entoure définitivement les morts en estompant leurs traits dans notre mémoire. Question d'acuité.

Un détail nous échappe. Désemparé, il ne reste plus rien à quoi raccrocher le regard. Le portrait se trouble. On se souvient de la couleur des yeux, des cheveux, du grain de beauté, sur la joue ?, mais déjà, était-ce celui de la mère de mon ami, se dit Sébastien Heayes, ou celui du portrait qui trônait sur la cheminée du salon ?

Il porte un imperméable gris qui n'est pas de saison. Le temps n'est pas à la pluie. Comme il est distrait, il traverse prudemment sur le passage pour piétons, après s'être bien assuré que le petit bonhomme vert indique qu'il peut s'engager sur la chaussée.

Des morts. Des avortés.

Des terrains de football.

Par exemple celui où cet Enrique, dont il ne connaît même pas le patronyme, le conduisit un dimanche matin. Banlieue de Barcelone. L'UE Sant Andreu. Terrain de sable. Maillot rayé rouge et or.

Pourquoi ce souvenir demeure-t-il si insistant?

Là où se trouve le marchand de journaux, il y avait jadis, il y avait naguère une officine de Loterie et de Quinielas, avec les trois cubes lumineux en façade : les dés du 1 × 2.

Il suffit de traverser au prochain feu rouge la via Augusta, on descend deux ou trois cents mètres. Puis en tournant sur la droite, on se retrouve rue Marià Cubí, mais chaque chose, chaque folie en son temps, note l'Homme de San Sebastián.

Ensuite, encore hanté par le souvenir de E., Enrique, Sébastien Heayes se rend carrer de Calaf, dans la partie haute, la partie élégante de la ville. Barcelone est une ascension. On part du port et ses bas-fonds, on monte à travers les ruelles du Barrio Gótico ou par les Ramblas et l'on atteint la plaça de Catalunya qui est comme un point d'appui, un point d'appel pour s'élancer vers l'élégant Eixample, dominé par le passeig de Gràcia qui est l'équivalent de nos Champs-Élysées. Après les quartiers de l'Eixample, il y a la tranchée de l'avenue Diagonal — jadis l'avenue du Generalísimo (Franco) — qui scinde Barcelone en deux et l'on arrive dans la partie la plus élevée de la ville, notamment Pedralbes et Sarrià d'où la haute bourgeoisie domine la cité. Si l'on continue l'ascension, on atteint le Tibidabo où se trouvent les villas majestueuses des potentats de la Cité comtale.

La carrer de Calaf est une courte voie, située juste à la lisière de Pedralbes. Les années et la spéculation immobilière en ont fait une rue chic, plus élégante que quand Sébastien Heayes y résidait enfant, où avec son marché elle était plus bigarrée.

Sébastien Heayes s'arrête devant l'entrée. Rien n'a bougé, les mêmes sols en céramique verte, et les mêmes plantes grasses sur les côtés.

Il s'approche, gagné par les vapeurs d'absinthe des souvenirs, vers la droite de l'ascenseur où se trouve la loge du gardien. Ému, avec dans le cœur l'espérance d'improbables retrouvailles, il frappe à la porte. Un homme à la cinquantaine bien avancée, au visage malmené et tordu comme un Soutine, en émerge.

— *Buenos días, Señor*, salue-t-il.

— *Buenos días*.

— En quoi puis-je vous aider ?

— Je voudrais savoir si Luisa, l'ancienne gardienne, réside encore ici ou bien si vous savez quelque chose d'elle ?

— Huy ! s'exclame le concierge. Il y a des années qu'elle est partie. Cela fait quinze ans que je vis ici et je n'ai pas eu l'occasion de la connaître.

— Avez-vous une idée où elle est partie ?

— Pas la moindre. Je le regrette, monsieur. Tant de temps s'est écoulé !

Oui, beaucoup de temps s'est écoulé, écroulé — reprend dans son esprit, avec une pique d'angoisse, Sébastien Heayes. Il hésite un instant. Il est sur le point de demander au concierge s'il peut le laisser entrer, pénétrer dans la loge comme on visite un musée. Mais il n'ose pas.

— Merci, monsieur, dit-il en prenant congé.

— Je vous souhaite une bonne journée. Je regrette de n'avoir pu vous aider, répond le concierge qui malgré son faciès se révèle très courtois.

Et Sébastien Heayes se retire, s'éloigne, le cœur empli de souvenirs. Il songe subitement à un livre de Nabokov, *La défense Loujine*, et se remémore que c'est là qu'il a appris à jouer aux échecs, avec Conchita. Son esprit glisse, dérape vers J.F., Jean-François. Il n'a plus touché une pièce d'échecs depuis le décès de celui-ci. Cela lui semblerait indécent, une trahison, une de plus, se fustige-t-il. Comme il n'est pas retourné au cinéma La Pagode, où son père l'emmenait voir *Fanfan la Tulipe* et les films de Buster Keaton qu'il admirait tant, avec Chaplin, parce que c'est là qu'ils ont vu *Les ailes du désir*, le bijou de Wim Wenders, la dernière projection à laquelle son ami, son frère ait assisté.

Il prend la carrer de Calvet — un instant sous le joug de la séduction de Nastassja Kinski dans *Paris, Texas* ou *Tess* — et se dirige vers le Turó Parc, le jardin proche où il jouait à la balançoire, tout petit enfant, avec Conchita toujours, son premier amour, avec ses quatorze ans et les yeux verts et la peau mate de son père, où aussi, un peu plus tard, il se rendait pour les matchs de football de son enfance en partie, par alternance espagnole. Luisa — la concierge, la mère de Conchita — était une femme de haute taille, avec un élégant maintien d'une beauté rayonnante. Même Ivan Alejandro, qui s'y connaissait en Beauté et en beautés, l'avait remarquée, un jour où il était passé la remercier de l'affection et des soins dont elle et sa famille entouraient son fils.

Il n'y a pas à tergiverser : c'était une beauté à la Ava Gardner. Son mari aussi, R., Rosendo, assassiné d'un cancer bien trop jeune par la cigarette. Rosendo venait des Canaries. Il avait comme Ivan Alejandro une peau très mate, plus mate encore que celle de l'écrivain qui cultivait avec obstination, ostentation, son bronzage pour faire ressortir ses beaux yeux bleus, d'un bleu si mélancolique tant admiré par sa mère et toutes les femmes qu'il a séduites. Le bleu des yeux du grand acteur russe de cinéma muet Ivan Mosjoukine, l'égal de Valentino en son temps, se dit Sébastien Heayes qui ne peut renoncer à cette légende, oui, malgré les bi graphes, lui, il continue d'y croire à cette filiation, il a vu les films, été marqué par la ressemblance, par la similitude dans les gestes mêmes, les postures : cette façon de se pencher, cette manière de croiser les jambes ; et puis il y avait ces centaines de photos conservées de M., Mosjoukine, à Paris, Nice ou Hollywood, M., Mosjoukine, qui mériterait bien un livre des historiens du cinéma, pour mémoire.

Pour mémoire, se répète Sébastien Heayes, qui garde à l'esprit qu'Ivan Alejandro a payé pour le renouvellement de la concession mortuaire du grand acteur annihilé par l'apparition du cinéma parlant, au cimetière russe de Sainte-Geneviève-des-Bois, Sébastien Heayes qui chemine maintenant carrer del Tenor Viñas, sur la droite de Calvet, qui mène au jardin. Et il passe avec émotion devant le café-restaurant El Turó qui lui servait de cantine quand il était enfant et où des bourgeois ostentatoires, des autochtones snobs se donnent en spectacle en terrasse, prisonniers de l'humaine comédie.

Sébastien Heayes arrive devant l'entrée du parc. Il y a toujours, sur la droite, le kiosque où l'on vendait des *golosinas* et des *pipas*. Sébastien Heayes pénètre dans le Turó Parc mais il s'arrête, tout de suite, saisi, et s'assied sur le premier banc qu'il trouve. Il sent, au bord du vertige, l'émotion le submerger. Il sent que d'autres souvenirs vont venir effacer R., Rosendo, et, en hommage, il veut le garder encore un peu à portée de main, dans la grande malle pleine de gens de son esprit. Il prend des tranquillisants comme avant il avalait *las golosinas*, les grosses boules rondes de chewing-gum de toutes les couleurs, par exemple. Et il retrouve le nez si fin de Rosendo, ses yeux verts, l'électricien à la peau mate qui n'avait pas le temps, la coquetterie de cultiver son bronzage. Boulot, famille et un rêve, oui, Sébastien Heayes se remémore le rêve avorté de Rosendo, Luisa et leurs deux filles, Conchita et la petite Merche. Il se souvient qu'au retour de ce dimanche de jadis, au bord de la mer, sur la Costa Brava, pas très loin de Playa de Aro, il y avait une kermesse, des forains, avec autos tamponneuses, tir à la carabine, tombola, sur l'avenue Josep Taradellas (alors Infanta Carlota), à quelques mètres du Turó Parc.

Ils étaient partis tôt le matin dans une petite *seiscientos* bleue qui ne dépassait pas les quatre-vingt-dix kilomètres à l'heure, c'était la première voiture à portée des bourses modestes.

Sébastien Heayes et R., Rosendo, avaient sorti les cannes à pêche et étaient partis s'installer sur des rochers, surplombant l'eau translucide, pendant que Luisa et les filles préparaient le repas entre les pins, sur *el terreno*, le terrain.

Car c'était cela, le rêve de Rosendo et de sa famille, ce terrain à flanc de colline, avec vue plongeante sur la mer ; bientôt ils y construiraient une maison. Jour de fête, de liesse, de sérénité avant que la cigarette n'assassine R., Rosendo, et que le rêve s'envole en fumée, que le terrain soit vendu et que la belle Luisa, du jour au lendemain, désemparée, ne devienne une vieille femme.

Sébastien Heayes se lève et s'avance dans le jardin. La balançoire est toujours là, à côté du bac à sable et du toboggan. Le cœur de Sébastien Heayes — son pauvre cœur, pôv' cœurs, nous avons tous beaucoup vécu désormais — y pose son postérieur, pousse sur le sable, prend son élan et il vole, toujours plus fort, toujours plus loin, plus haut, de l'arrière vers l'avant, et il vole à travers les années, les années-lumière, et Conchita se trouve là qui veille sur lui, et quand il cesse de s'envoler vers le ciel — ce mot terrible, ce mot si bleu — en riant aux éclats, Conchita le caresse, ce cœur, tout en douceur, comme on flatte un bon chien, comme on caresse un chat élastique.

Puis Sébastien Heayes se dirige vers l'étang. Comme partout dans Barcelone, dans les platanes et les acacias, les perruches vertes caquettent, mêlées aux pigeons. Une douleur jaune transperce Sébastien Heayes. Les acacias ont perdu leurs fleurs et forment l'*alfombra*, le tapis doré, safrané, qu'Eugénie aimait tant. Dans le bassin, les poissons sont toujours là, dissimulés sous les nénuphars fleuris.

Un peu plus loin, proche d'une haie d'aubépines, la fontaine à pompe n'a pas changé et Sébastien Heayes boit une gorgée du passé, en avalant un tranquillisant, parce que Eugénie a envahi le parc, elle flotte dans l'air, Sébastien Heayes retrouve son discret parfum, son rouge à lèvres trop épais avec lequel elle tachait d'amour ses joues et son front.

Il se dirige maintenant vers le terrain de football improvisé, où il fut Iribar *el portero* de l'Athletic Bilbao, Reina de l'Atlético de Madrid, et où il jouait, avec Cruyff, Neeskens, Migueli, Sotil, contre Juanito, Ayala et tous les autres grands footballeurs de la fin des années soixante-dix.

Mais le terrain de foot n'existe plus. C'est devenu une piste de skate-board, alors Sébastien Heayes continue de vagabonder un moment dans le parc pour préserver la compagnie d'Eugénie, Conchita, Rosendo, et quand il sent que la nostalgie devient trop forte, qu'elle va le submerger, il quitte le jardin d'un pas pressé, un peu tremblant, et descend l'élégante avenue Pau Casals (jadis General Godet) avec ses boutiques de luxe, jusqu'à la plaça de Francesc Macià (côté Calvo Sotelo), et s'engouffre dans un taxi pour retourner dans la vieille ville, les bas-fonds, dans « la marge », comme l'a décrite Mandiargues, où il considère que son vieux cœur d'*outcast* est désormais plus à sa place. Son cœur dans le caniveau, dans les ruelles sales qui sillonnent autour de la plaça Reial, investie par les dealers, oui, se perdre et se noyer dans ces ruelles baignées de pisse, de sueur et de sang.

Il est cinq heures de l'après-midi à San Sebastián et alors que la nuit va bientôt commencer à grignoter les couleurs du jour, que va arriver l'heure de l'angoisse vespérale, comme pointe la Faculté, l'Homme de San Sebastián se sent gagné par le sentiment de solitude. «*Lonesome, lonesome, lonesome*», murmure-t-il en songeant à son ami Doc. Il pense un instant à la jeune femme aux yeux et aux gants noirs du bar La Perla et se dit qu'il s'y rendra tout à l'heure, dans l'espoir d'y trouver un peu de chaleur humaine.

Puis il se replonge dans son récit. Son humeur mélancolique, le désir qu'il éprouve en cet instant d'avoir rendez-vous avec quelqu'un, une femme de préférence bien entendu, le conduit à requérir la compagnie des voix qui se sont tues, des fantômes, et il évoque le dernier été passé par Sébastien Heayes avec son père Ivan Alejandro.

Il songe avec nostalgie à une scène qui demeure vivace dans sa mémoire. David Alejandro, son père Ivan, ses amis J.F., Jean-François, et Frédéric sont assis à table, en Grèce, sur l'île de Poros, pour déjeuner. Et Frédéric et Jean-François font part de leur admiration pour le dernier livre du petit-cousin d'Ivan Alejandro, Émile Ajar, *L'angoisse du roi Salomon*. L'écrivain acquiesce, c'est un beau livre, il aurait bien aimé l'avoir écrit, plaisante-t-il, et il adresse à cet instant un clin d'œil à son fils qui lui répond par un autre clin d'œil, c'est une spécialité de la famille, son père lui a donné des cours quand il était enfant, pour plus tard, pour attirer dans la rue le regard des jolies femmes. Et ce clin d'œil échangé autour du secret partagé reste comme un des derniers signes de tendresse et d'immense complicité que les deux « hommes » ont connus.

L'Homme de San Sebastián écrit « hommes » parce que le grandécrivain n'avait qu'une hâte, voir son fils grandir, que celui-ci soit un « homme », et il le traitait ainsi depuis leur « rencontre », après la mort d'E., Eugénie, quand ils se mirent à vivre ensemble pour de bon : repas en commun, révisions des cours, confidences sur les femmes et conseils avancés sur la sexualité. Ce que Sébastien Heayes ne savait pas, ne pouvait pas deviner, c'était qu'Ivan Alejandro voulait voir son fils devenir un homme pour pouvoir « partir », nous quitter, et ce qui lui semble plus cruel encore, c'est que pour prendre cette liberté l'écrivain n'attendait qu'une chose : que la mère de son fils, Jean Seberg, disparaisse, car il ne voulait pas laisser le jeune homme seul face à une mère qui avait de si lourds problèmes de santé, qui parlait au frigidaire, qui sonnait à la porte de l'écrivain plusieurs fois par jour et s'enfuyait comme une enfant, qui débarquait à n'importe quelle heure de la nuit, en n'importe quelle compagnie dans la chambre de l'adolescent.

L'Homme de San Sebastián rapporte, parmi tant d'autres incidents, cette nuit où la comédienne débarqua chez son fils, ivre et déstructurée, à cinq heures du matin pour lui demander de lui prêter des baskets.

— Mais maman, tu chausses du trente-cinq, s'entend répondre Sébastien Heayes.

Ou une autre fois où elle fit son apparition pour lui présenter une femme, la quarantaine, qui la draguait, et l'actrice riait beaucoup.

— Tu vois, je me fais draguer par des lesbiennes maintenant. Qu'est-ce que tu en penses ?

— J'en pense que c'est l'aube et que j'ai cours dans deux heures, maman. Qu'est-ce que tu veux que j'en pense ?

Sébastien Heayes, sous la plume de l'Homme de San Sebastián, repense à un chapitre de *L'angoisse du roi Salomon*. Celui des rendez-vous, lorsque le roi du pantalon se rend à des rendez-vous que des « ci-devants », depuis longtemps disparus, se sont fixés dans les vieilles cartes postales que collectionne Salomon, tout comme Sébastien Heayes collectionne les cartes postales du temps jadis, du temps déjà.

Il cite de mémoire parce que lui non plus, comme Salomon, ne veut pas oublier :

« Monsieur Salomon [...] regardait les timbres avec plaisir, comme de vrais amis, et aussi les cartes postales qui lui parvenaient du passé et de tous les coins de la terre. Elles ne lui avaient pas été adressées personnellement, car il y en avait qui avaient été mises à la poste au siècle dernier, quand monsieur Salomon existait à peine, mais c'est chez lui qu'elles sont arrivées pour finir.

« [...] Monsieur Salomon avait trouvé chez Dupin frères, impasse Saint-Barthélemy, une carte postale avec la photo d'une odalisque qu'ils avaient alors en Algérie qui était encore française, et au dos il y avait des mots d'amour *je ne peux pas vivre sans toi tu es ce qui me manque le plus au monde je serai à sept heures vendredi sous l'horloge place Blanche, je t'attends de tout mon cœur, ta Fanny.* Monsieur Salomon a tout de suite mis cette carte

130

dans sa poche et puis il a regardé l'heure et le jour sur sa montre suisse de grande valeur. Il a froncé les sourcils et il est rentré à la maison. Le vendredi suivant, à six heures trente, il s'est fait conduire place Blanche et il a cherché l'horloge, sauf qu'il n'y en avait pas. Il parut mécontent et il s'est renseigné dans le quartier. On a trouvé une concierge qui se souvenait de l'horloge et de l'endroit. Il est ressorti vite pour ne pas être en retard et à sept heures pile il était à l'emplacement, et là encore je n'ai pas su s'il faisait ça à la mémoire de ces amants disparus ou si c'était pour protester contre le vent biblique qui emporte tout comme des futilités et des poussières. »

Et en se remémorant ce passage qui lui tient tant à cœur, Sébastien Heayes éprouve le sentiment d'adresser un clin d'œil métaphysique vers son père, vers l'au-delà auquel il ne croit pas, hélas, mais on ne sait jamais, on n'est pas à l'abri d'une surprise. D'ailleurs Sébastien Heayes a une petite manie à lui, à la manière de Salomon ; il se rend régulièrement au métro Bonne-Nouvelle, dans ses plus beaux habits, parce que c'est plein de promesses et là encore, on ne sait jamais, on n'est pas à l'abri d'une surprise.

Sébastien Heayes n'a pas une mémoire d'éléphant, mais, de fait, il vient de relire *L'angoisse du roi Salomon*, pour les besoins de la Cause, pour ses obligations de légataire d'auteur — bien qu'il insiste, il ne veut perpétuer personne — et il se dit avec un brin d'effarement, pensant au grand écrivain comme il l'écrit pour ne pas se laisser intimider et empêcher, il se dit : mon père est un grand écrivain. Il y a intérêt général, Postérité, « Éternité devant soi » comme il l'a lu dans un bel article, en somme, son « œuvre continue d'intéresser », comme il s'en inquiétait dans son élégant texte posthume *Vie et mort d'Émile Ajar*.

Quant à l'Homme de San Sebastián, il éprouve lui aussi le besoin d'avoir un rendez-vous, même s'il n'a pas de carte postale du temps jadis sous la main. Alors, il se rend au pied des deux horloges qui trônent au milieu de la Concha, site privilégié comme point de rencontre des *donostiarras*.

De fait, l'Homme de San Sebastián se presse, car le temps file quand il écrit, pour être à six heures pile au point de rendez-vous, au pied des horloges, au cas où. Il s'y trouve à l'heure exacte. Des couples se rejoignent et l'Homme de San Sebastián les envie, des vieux messieurs s'y retrouvent aussi, avec leur canne et leur béret, puis vont s'asseoir pour bavarder sur un banc, et l'Homme de San Sebastián voudrait bien avoir une vieillesse avec amitié du troisième âge et carte Vermeil mais craint que cela ne lui soit pas permis, promis, il mène une vie si solitaire.

Alors, comme il refuse de se laisser gagner par la neurasthénie, l'Homme de San Sebastián accélère le pas vers le bar La Perla. Il espère que la jolie et mystérieuse femme gantée sera là et il a à peine le temps de s'installer sur le tabouret et de commander sa coupe de cava qu'elle fait son entrée dans l'établissement en jean et pull marine mais toujours avec les gants dont elle fait glisser celui de la main droite, et elle dit au serveur :

— Mon Dieu, il est six heures cinq et je suis en retard, personne n'est venu ?

Et le serveur lui répond : «Personne, Marian, sauf le monsieur», désignant ainsi l'Homme de San Sebastián, et là il se produit un petit miracle, elle se tourne vers lui et sourit, et lui souffle :

— *Buenas tardes*.

— *Buenas tardes*, répond l'Homme de San Sebastián.

Du coup celui-ci renonce à ses coupes de cava et revient à ses gin-tonics, des Tanqueray, bien tassés, et il en ingurgite trois verres, d'affilée. Il se dit que l'alcool aidant il va peut-être pouvoir parler à la jeune femme : à Marian. Car c'est bien la Marian que Sébastien Heayes a connue il y a quinze, vingt ans, il se souvient. C'était un jour radieux d'été, à la fin de l'après-midi, et Sébastien Heayes prenait un verre et des *gildas* avec Marian, plaza de la Constitución. Ils parlaient de tout et de rien, de leur ami commun, le médecin Mariano qui avait emmené Marian à Paris, quand Sébastien Heayes, pris d'un élan amoureux, lui avait offert ses longs gants noirs. Tout allait pour le mieux. Ils jouaient le jeu de la séduction en se livrant l'un à l'autre, peu à peu. Marian avait un sourire lumineux.

Puis tout d'un coup le regard de Sébastien Heayes s'était arrêté sur les lèvres de la jeune femme. Elles étaient très minces et trop chargées de rouge. Et ces lèvres-là lui avaient fait penser aux lèvres d'E., Eugénie, si minces et colorées. Les lèvres de sa mère espagnole. Et tout s'était cassé pour Sébastien Heayes. Malgré l'attrait qu'il éprouvait pour la jeune femme, la chute du château de cartes de la séduction qu'ils étaient en train de construire s'était produite. Jamais Sébastien

Heayes ne pourrait embrasser ces lèvres. Jamais il ne pourrait embrasser sur la bouche une femme qui avait les lèvres d'Eugénie. Marian et lui, rendu fort nerveux, avaient toutefois fini leur apéritif. Puis ils s'étaient donné rendez-vous à La Perla, le lendemain, à six heures. Et Marian avait promis de porter les gants offerts en cadeau. Et Sébastien Heayes ne s'était jamais rendu au rendez-vous du lendemain. Il n'avait plus donné signe de vie à la jeune femme. Et, désormais, l'Homme de San Sebastián, ivre mais taciturne, en était convaincu : c'était Sébastien Heayes que Marian, que la toujours jeune femme attendait tous les soirs à six heures, depuis tant d'années, tant d'années et elle n'avait pas changé. Et l'Homme de San Sebastián se révéla incapable de parler à la jeune femme, de lui expliquer, de lui dire que ce n'était plus la peine d'attendre, Sébastien Heayes, pour ainsi dire, n'existait plus.

Il paya, parvint à lâcher un bonsoir poli, et il s'enfuit à nouveau. Et cette fois, il s'assit sur le banc face à la mer. Et il pleura, lui qui était un *rock* et une *island*, lui qui était John Wayne et Humphrey Bogart réunis, il pleura cet amour manqué, cet amour perdu.

Puis il regagna son appartement et, pour échapper à la tristesse, se plongea dans l'écriture. Il écrivit n'importe quoi comme on boit pour oublier. Il écrivit ce qui venait, sans a priori, sans tergiversations, et voici ce qui se glissa sous sa plume.

La «tâche» d'être leur fils. J'ai toujours fui cette fonction qui peut facilement devenir une souillure. Je ne veux pas «perpétuer la personne de l'auteur», comme dit le Code de la propriété intellectuelle.

Je ne veux, je ne peux perpétuer personne. Car c'est en tout état de cause une perte de soi, du soi propre, irréductible, immanent. Déjà, la ressemblance physique est trop lourde à porter. Les gestes acquis du mimétisme de l'enfance. Cette manière de plier la jambe. Cette façon désabusée de répéter «les bras m'en tombent» en réitérant ses gestes comme un acteur habité par un personnage.

Et il embraya, sautant du coq à l'âne, emporté par les souvenirs :

Un jour, Ivan Alejandro a dit une grosse connerie à David Alejandro, ou à Sébastien Heayes, comme il vous siéra :

— Tu sais, Ajar je l'ai fait pour toi.

Cela n'apparaît dans aucune biographie. C'est la limite des lois du genre. Toujours à tourner autour du pot. De la vérité. Ils ne peuvent pas savoir. De première main. *In vivo*. Quoi qu'on leur ait raconté. Quoi que les passants de la vie d'Ivan Alejandro aient cru savoir, aient cru pouvoir raconter. *In vivo*. Comme cette étoile de mer que je tiens dans ma main et que je montre à mon père dans la crique de la grande île. Il y avait des hippocampes aussi. Des oursins sur tous les rochers. Un jour, en nageant avec mon père, nous nous sommes trouvés nez à nez avec un espadon miniature, il y avait aussi des bancs de soles à profusion.

Les biographies ne sont jamais que du qu'en-dira-t-on. Du «il n'y a pas de fumée sans feu». Peut-on savoir, par exemple, qu'Ivan Alejandro se refusa à signer le nécessaire acte d'internement de Jean Seberg qui délirait et mettait ses jours en danger, par peur du qu'en-dira-t-on des biographes à venir ? Le syndrome de Claudel.

L'Homme de San Sebastián se sent soulagé, apaisé : il a lâché le morceau. Et les souvenirs le conduisent vers sa mère. Son étoile de mer (échinoderme), un animal invertébré, comme lui. Son étoile de mère.

« *I was born under a wandering star* », une étoile errante — qui fut plus tard une étoile filante en perdition —, chantait-elle avec Lee Marvin : et la chanson fut un succès qui compensa l'échec commercial de *La kermesse de l'Ouest*, le film tourné dans mon Oregon doré et béni.

J. D'Elle, je ne garde que des souvenirs de douceur, de tendresse... et de folie.

Le plus grave des drames de sa vie se déroula justement dans la maison de la grande île, où je fus si heureux avec elle. C'est là-bas, durant les longues vacances d'été, que nous étions le plus proches, le plus joyeux. Je partais nager avec elle, flottant sur son dos, mes bras autour de son cou. Elle venait sur la *lonja*, le marché aux poissons, où je jouais au football avec les enfants du village, nous embarquait dans la Coccinelle rouge décapotable pour nous emmener sur le « vrai » terrain de football, à cinq kilomètres de là, dans le village d'Andraitx, dans des matchs où nous nous prenions pour des joueurs professionnels et où moi, en tant que gardien, comme Yachine — l'Araignée Noire —, Zamorano, Laudu, Iribar, Pantelic, Curcovick, Baratelli, le géant Bertrand-Demanes, Batman, je devais veiller au grain et parer tous les coups durs de la vie. J'avais la tenue complète, tout de noir vêtu, comme les gardiens de jadis, avec les genouillères, et les gants aussi. Et je devais briller devant Elle, mon étoile filante.

Il y avait aussi les traversées vers l'île sauvage de la Dragonera, sur le voilier en bois, équipage complet tout de blanc vêtu, de Peter Ustinov. On avait à peine le temps de s'inquiéter de l'eau qui devenait d'un bleu profond et insondable entre Puerto d'Andraitx et la petite île, réserve naturelle d'oiseaux, que l'on jetait l'ancre dans une baie émeraude, paradisiaque, et il fallait du trois-mâts magnifique nager jusqu'à la plage.

À d'autres moments, je nous revois, photographies à l'appui, sur la large terrasse qui dominait la mer, ma mère, sereine, bronzée, d'une beauté à couper le souffle, me caressant les cheveux et contemplant l'horizon.

À cette époque, Puerto d'Andraitx était encore un petit port de pêcheurs avec un seul restaurant, une seule supérette (*colmado*), un bar avec terrasse où j'avais mon compte et pouvais inviter tous mes amis, Guillermo, Eleonor, Paquito et les autres, à boire du Coca-Cola et à manger autant de glaces que nous pouvions en avaler.

Il y avait, à part le village du port, une dizaine de villas en tout et pour tout autour de la baie. Et je passais le plus clair de mes journées à jouer et nager avec Guillermo et Eleonor, les enfants des gardiens de la villa voisine, dans la petite crique qui se trouvait au pied de notre maison. C'est une maison que je n'ai pas revue depuis l'enfance, bien qu'elle soit souvent réapparue dans mes rêves; je n'ai pas voulu revoir Puerto d'Andraitx défiguré par les promoteurs immobiliers de l'affairisme franquiste et post-franquiste. Dans mon souvenir, la maison, même si elle se trouvait dans un site sans pareil, me paraît un peu ridicule. Non pas à cause de la tour ronde où étaient la chambre de mes parents et, un étage au-dessous, le bureau de mon père ; mais, malgré son beau patio intérieur garni de cactées, son immense salle à manger, ses terrasses en guise de toits, il me semble qu'elle avait des allures un peu déplacées d'hacienda mexicaine à la manière de Hollywood. Je crois que Roger Grenier a raison dans son délicat portrait de s'attarder sur la bonté de mon père (la bonté, la générosité, voilà à coup sûr un point que mes deux parents avaient en commun) mais il se trompe quand il dit qu'il l'a rachetée par la suite.

Les nouveaux propriétaires la lui prêtaient hors saison, il avait, à leur offre d'achat, lancé un prix qu'il jugeait astronomique et ils avaient accepté. Voilà comment se déroula la vente de la maison de Cimarrón — l'esclave fugitif — où, si nous y connûmes des jours heureux, nous vécûmes le drame qui devait hanter la vie de ma mère jusqu'à la fin, la fin où elle parlait seule dans le vide, inconsciente de votre (ma) présence, la fin où elle dialoguait avec les frigidaires.

Bien que l'on ait tenté de me protéger, de me tenir à l'écart, je me souviens de ce jour funeste. Il y eut un vent de panique dans la maison. Une ambulance arriva. On emporta ma mère sur une civière. Séparée de mon père, enceinte d'un amant mexicain occasionnel, elle avait tenté, pour la première fois, de mettre fin à ses jours avec de l'alcool et des barbituriques. À la suite de quoi elle perdit l'enfant qu'elle portait, une petite fille, et elle ne put jamais se le pardonner.

Et mon père, ce Gentleman, donna son nom à l'enfant mort-née. Que ma mère enterra, exhiba dans un cercueil en verre parce que la CIA, le FBI et la presse à leur botte prétendaient que c'était une enfant de couleur, l'enfant d'un Black Panther.

Le regard de l'Homme de San Sebastián s'embrume, se brouille à nouveau, tandis qu'il contemple dans le lointain, dans l'obscurité les lumières tremblantes des chalutiers. L'émotion, là encore, est trop forte. Alors il revient à Sébastien Heayes. À sa fuite loin de l'Archange Gabrièle qui l'a plongé dans la dépression, la plus noire des nuits, quand elle l'a quitté. Il revient à sa dérive, à sa débauche barcelonaise.

Sébastien Heayes tenait un journal — de petits carnets marron — quand il essayait de noyer le souvenir de Gabrièle — cette brûlure — dans l'alcool. Quand il s'efforçait, en notant les détails du quotidien, de sortir de l'enfer de la nostalgie et du sentiment d'abandon. Et l'Homme de San Sebastián a gardé ces carnets, qu'il transporte dans sa sacoche de cuir. Alors il note, les yeux encore embués :

Il y avait quarante jours — les quarantièmes rugissants — que tu m'avais quitté, mon amour. Une semaine que j'errais à Barcelone en fuyant ton souvenir incandescent, vivant flambeau de douleur comme un drogué. J'étais en manque, en manque d'amour, de tendresse, de féminité. Ivre, j'errais comme une chienne en chaleur, cherchant un vagin qui me tende la main.

Chaque femme que je croisais, chaque visage

que j'entrapercevais, la courbe d'un cou, un port de tête, la délicatesse d'une main, un rire sonore, une voix gutturale, un peu rauque, des hanches robustes, toutes les femmes m'apparaissaient désormais comme d'inestimables promesses.

Assises à la table d'un café, descendant d'un taxi, sortant du métro, chacune d'elles mettait mon imagination en éveil et suscitait mes convoitises. Jeunes, moins jeunes, plus âgées encore, elles avaient toutes le don d'exciter ma curiosité. Je voulais connaître leur odeur, l'élasticité de leurs cuisses. Le velours de leurs joues. Leur goût le plus intime.

Je les dévisageais sur leur passage, m'attardant sur l'arête d'un nez, me figeant sur l'éclaboussure carnivore d'une bouche, m'égarant sur l'échancrure d'un décolleté. Celle-ci, me gratifierait-elle d'un petit nom, dans l'intimité, et lequel ? Celle-là, suçant mon sexe, garderait-elle les yeux clos ou bien impudemment ouverts ? Seraient-ils rieurs alors, ou plutôt plissés par la griserie ? La caissière du Monoprix, prendrait-elle plaisir à engloutir ma semence ? Cette dame si élégante qui traverse au feu, accepterait-elle de s'asseoir sur ma bouche ? La charcutière me laisserait-elle me masturber entre ses seins ?

Voilà sous quelle avalanche de pensées lubriques je me perdais à travers Barcelone.

Gabrièle était devenue par la force des choses, ou plutôt par la force de l'absence, ma Muse Éthylique, ma fée verte aux cheveux blond vénitien. Je ne parvenais pas à oublier ce café, porte de Saint-Ouen, où elle m'avait dit qu'elle n'était plus amoureuse de moi, qu'il y avait quelqu'un d'autre. Je m'étais brûlé la main à trois reprises, longuement, avec le mégot de ma cigarette. Parce que cela me procurait un soulagement. Ce n'était pas de l'exhibitionnisme de la douleur. C'était que la douleur physique anesthésiait celle des mots qu'elle avait prononcés.

Et là, perdu dans Barcelone, dès que la boisson me libérait du poids de mon âme, qu'elle me permettait de larguer les amarres du port triste de l'angoisse, de l'obsession, de l'amertume, sa silhouette de mince flambeau se dessinait. C'était d'abord comme une lueur imprécise et floue qui dansait dans l'obscurité. Puis peu à peu, tandis que le décompte imperceptible des heures et des verres avançait, tandis que j'allais de l'avant au cœur de la nuit, de café en café, de bar en bar, ne me mêlant jamais aux conversations de comptoir, les entendant à peine, comme un lointain grésillement radiophonique — sauf lorsque des paroles trop absurdes me claquaient au visage et me conduisaient à m'enfoncer davantage encore dans ma solitude, peut-être pour ne pas intervenir, répondre violemment —, oui, à mesure que l'ivresse me gagnait, sa silhouette se précisait, éclipsant toute autre image, toute autre pensée. Et grâce à Gabrièle qui prenait toute la place, qui irradiait avec une intensité toujours plus forte, je connaissais la souffrance incandescente de ne plus penser qu'à elle et, ainsi, le privilège de disparaître, de me perdre de vue, de m'oublier.

Je m'estompais face à elle et je lui en savais gré, même si c'était au prix d'une douleur qu'elle ranimait sans cesse. Certains traits de son visage, certaines particularités de son anatomie — son odeur ! — ou de sa manière d'être et de penser me hantaient et me frappaient avec violence à l'esto-

mac, à coups répétés (vieux boxeur blanc sangui-
nolent) dont, pourtant, de chacun je croyais et
espérais qu'il serait le coup de grâce.

Mais je me relevais à chaque fois. Et le son clair
de sa voix, qui m'avait meurtri, cédait la place à
l'image de ses mollets, si excessivement fins, que
je contemplais, accoudé au zinc, avec acuité ; puis,
alors que j'urinais, le souvenir de sa main qui une
fois, pour rire, avait tenu mon sexe pendant que je
me soulageais, me laissait comme paralysé, les
bras ballants et la bouche tordue et crispée face à
la pissotière.

Mais plus que tout autre, obsédant, enivrant,
me revenaient en mémoire les jeux de nos ébats
sexuels et je me souvenais que quand elle s'as-
seyait sur moi, posait les lèvres de son sexe sur les
lèvres de ma bouche, je me disais, me répétais
comme un psaume : Seigneur, je ne suis pas digne
de te recevoir.

Au cinquantième jour de notre séparation, la vie
daigna me faire un clin d'œil amical.

Sur les Ramblas, face au Liceo, je rencontrai
Montsé, Montsé qui était serveuse dans le seul bar
animé de la petite île et qui me connaissait donc
depuis des années, qui me connaissait dans la nuit
joyeuse et non pas la nuit noire. Nous parlâmes
de la petite île, de nos amis communs qui y
vivaient à l'année. Elle-même venait d'y vivre une
année entière — d'habitude, elle ne faisait que la
saison de mai à octobre — pour se remettre d'un
divorce précoce et pour se libérer du cannabis.
J'eus la bonne fortune qu'elle acceptât de dîner

avec moi le lendemain soir. Nous nous donnâmes rendez-vous devant l'église Santa María del Mar, au plus profond de la partie ancienne de la ville, du Barrio Gótico.

Montsé, des jambes infinies, des seins magnifiques, une chevelure ardente, et une joie de vivre qui donnait envie de pleurer.

Elle avait un physique si avantageux qu'il devenait difficile de lier connaissance. La beauté comme un handicap. Une esthétique politiquement incorrecte, hors norme, anticonsensuelle; si peu démocratique, en définitive.

Elle traversa la place Santa María del Mar et, aux terrasses des cafés, les conversations s'arrêtèrent et l'on n'entendit plus que le murmure approbateur (et connaisseur) des platanes.

Comme d'habitude, elle fit comme si de rien n'était, marchant de son pas leste et cadencé, dans ma direction, à ma rencontre, ce perpétuel sourire aux lèvres qui ne la quittait pas, même lorsqu'elle parlait, et qui semblait toujours dire que la mort est une plaisanterie, un mauvais conte, comme pour faire tenir tranquille les enfants dissipés.

Je me tenais, une chope de bière à la main, devant la *tasca* enfumée et j'étais à un moment de mon existence qui m'apparaissait comme une croisée des chemins, puisque j'étais sur le point de choisir l'autre vie, celle qui fait fi des pertes et des événements, d'accepter de m'abandonner aux rivières fraîches et dorées de la folie douce.

J'avais compris que la vraie vie était ailleurs et je courais vers elle, fuyant tous les pelotons d'exécution de l'aube, les armes redoutables de la raison dominante pointées sur moi.

Toutes ces années pour échapper à la folie et voilà que, alors que je commençais à me relever, m'accrochant à mes petits carnets (aux notes que je prenais comme l'écrivain Azorín, le soir dans la paix des auberges sur les traces des chemins parcourus par Don Quichotte), rêvant de m'amarrer dans le corps de Montsé, je larguais toutes les amarres, le moindre filin, pour partir en cette quête absolue du mot — j'espérais que ce fût un mot d'une tendresse définitive — qui pourrait m'incarner, qui m'accueillerait en son sein.

Je regardais le peloton d'exécution droit dans les yeux et dès que je sentais que je m'engluais dans un monde réel — trop réel —, humain — trop humain —, j'implorais chaque recrue du monde des choses de tirer, tirer au plus vite, pour m'aider à regagner les autres parages.

Je m'attarde sur un mot, ancien, pour désigner l'émotion que me provoquait Montsé en ce cinquantième jour de traversée du plus imbibé des déserts : catalogne, «étoffe dont la trame est faite de bandes de tissus généralement multicolores». Bref, ce serait l'équivalent de la lirette.

Montsé était ma catalogne. Elle réunissait en elle la beauté sans cesse renouvelée de toutes les femmes que je poursuivais dans la vie ou dans mes rêves éveillés.

Le dîner se déroula bien et nous passâmes la nuit ensemble. J'avais enfin trouvé un sexe à qui parler. Je buvais un tout petit peu moins. Nous ne nous quittâmes pas durant les jours qui suivirent, je dormais dans son appartement, un sixième sans ascenseur mais le cœur y était.

Plus je la contemplais et plus je la trouvais belle,

à sa manière monumentale. Nous nous tenions assis à l'ombre abîmée de l'église del Pi, un samedi d'été. La place et les rues alentour étaient noires de monde. Les touristes, en vêtements légers — shorts, tee-shirts —, encombrés de sacs à dos, s'acquittaient scrupuleusement de leur devoir de touriste, les yeux écarquillés, le nez en l'air, les doigts pointés, de-ci de-là, sur tout ce que leurs guides illusoires leur commandaient d'observer. Signe des temps, les caméras vidéo tournaient à flot continu, et toute cette électronique m'apparaissait comme un instrument de police, de vidéosurveillance : derrière l'œil de la caméra, l'âme anglaise, teutonne, scandinave était certaine d'échapper à la moindre émotion, à la plus minime subversion de la poésie et de l'abandon au temps.

Je goûtais sa présence à mes côtés, je me laissais emporter par le son de sa voix, par tout ce que son accent très marqué laissait deviner de son enfance catalane, à quelques kilomètres de la Cité comtale, dans la banlieue de Mataró.

Je regardais comme elle croisait et décroisait ses jambes infinies, avec une aisance parfaite.

Les regards qui s'attardaient sur elle — peut-être les Catalans et les Espagnols voyaient-ils leur curiosité piquée au vif par sa taille, tandis que les étrangers s'arrêtaient aux traits réguliers de son visage et à l'incandescence de ses cheveux —, ces regards quels qu'ils fussent ne semblaient pas même la frôler. Et face à la boutique de préservatifs Magique et Fantaisie, elle ne parlait que pour moi, avec cet esprit si clair, décidé, cartésien, qui me fascinait autant, sinon davantage, que l'étrange grâce qui habitait ce corps que l'on devait juger

— oui, je m'en souviens — de prime abord déme-
suré. Et démesurément appétissant, aussi.

Elle était pour moi la figure de proue de la petite
île, et de l'avoir conquise, c'était comme d'avoir
conquis l'île entière.

Toutefois, nous nous sommes vite rendu compte
que nous n'étions pas réellement amoureux et, au
soixantième jour après la perte de Gabrièle, notre
histoire était terminée. Nous restions bons amis.
Il y avait SOS Amitié entre nous et c'est important
lorsqu'on est confronté à un chagrin d'amour et à
la solitude à Barcelone.

Au soixante-dixième jour d'abandon, je connus
une nouvelle bonne fortune. C'était une jeune
femme que je suivais dans les méandres du parc
Güell de Gaudí, qui domine Barcelone.

Elle m'a dit : « Oui, c'est vrai, on me surnomme
Mona Lisa, mais je ne peux pas rester. » Elle s'est
retranchée derrière un sourire énigmatique, comme
de bien entendu, et j'ai vu la robe bleue s'éloigner,
avec les épaules sous les minces bretelles et les
jambes aussi, et les cheveux ramassés en un
chignon désordonné. Le reste, sous la courte robe
bleue, j'ai préféré ne pas y penser, sous peine de
ne pouvoir me réfugier plus longtemps derrière
mon sourire désenchanté.

Et derrière ce sourire d'infortune, assis à
l'ombre réconfortante d'un pin, sur cette terrasse
dissimulée du parc Güell, entouré de vieillards qui
luttaient, à coups de parties de cartes, ou par d'interminables bavardages, contre le poids accablant
des souvenirs, j'ai laissé ma mémoire désordonnée

et tyrannique reprendre sa route et le cours inces-
sant, irrépressible de ses pensées.

Je luttai un instant. J'allais me lever du banc,
courir le long des chemins de ronde du jardin, tré-
bucher sur les marches périlleuses des innombrables sentiers de traverse et la retrouver, celle que
l'on surnommait Mona Lisa, et qui ne pouvait pas
rester. J'allais me jeter à ses genoux, tout Barcelone apparaîtrait derrière ses jambes longues et
musclées — le fantôme inachevé de la Sagrada
Familia sur la gauche, la statue de Colomb, et le
port au milieu, Montjuich et mes distractions
enfantines à droite de sa hanche, et elle m'ouvri-
rait les bras ou les jambes, ou ses lèvres, ou son
cœur, peu importe, et les impératifs souriants d'un
avenir à portée de main prendraient le dessus sur
tous les méandres jonchés de céramiques concas-
sées et recollées de la mémoire.

Sa peau, comme un exil bienveillant. Son sexe
m'offrant, enfin, un statut d'apatride, loin de mes
contrées intimes, toujours en guerre. Ses mots,
doux, comme autant d'utopies habitables.

Mais la force m'a manqué, l'allant, le courage
aussi. Je me suis dit qu'au détour d'une passerelle
de pierre, ou en contrebas du verger de la maison
du gardien, elle avait peut-être lâché ses cheveux,
pour un autre, en gage d'abandon, et qu'ainsi, sans
doute, même si je la retrouvais à travers ce dédale
parfumé et ludique, je ne la reconnaîtrais plus.

Les voix des vieillards : celles, chantantes, des
Andalous, celles, plus rauques, des Catalans, se
sont éloignées, estompées et, à l'ombre du pin,
dominant Barcelone avec la mer dans le lointain,
le son des vagues d'un bleu intense s'est fait enten-

dre et la résine d'un pin bien plus ancien m'a collé aux doigts. Celui de la grande île du temps passé.

Mais Mona Lisa, dont le vrai prénom, Sonsolé, sonnait comme une consolation, m'attendait à la buvette, près de la sortie. Je la rejoignis en jubilant. Je lui racontai mon existence de gueule cassée des lettres, mes rêves d'écriture, mes chansons, mes livres inachevés. J'évoquai aussi, pour la faire rire, les aventures de mon double, Raoul Reine de la Nuit, qui voguait de bar en bar dans l'espoir d'une rencontre. (Je ne mentionnai pas mes escapades dans les bordels, de peur de l'effrayer.) Aventureuse Mona Lisa, elle m'invita chez elle et nous fîmes l'amour tout doucement, très tendrement, et son sourire devint encore plus énigmatique quand elle jouit, elle semblait envolée ailleurs, mais hélas elle avait un fiancé et notre rencontre fut sans lendemain. Ces rencontres furtives n'étaient d'ailleurs qu'un baume éphémère sur les plaies de Sébastien Heayes.

Toutefois, chaque conquête lui offrait une victoire sur lui-même, ses habitudes, sa façon de sentir et de penser. Et il se mettait, dans son enthousiasme, à éprouver le monde à travers l'autre, à vivre par son intermédiaire et, de la sorte, ce monde qui, à l'accoutumée, lui semblait usé jusqu'à la corde se refaisait une virginité et se chargeait de lumières, de parfums, de paysages, de sensations nouvelles.

Le corps aimé devenait le joyeux passeur de son âme. Chaque rencontre lui permettait de prendre le train en marche, d'un saut leste, avec la promptitude et la vivacité d'un jeune homme. Un train qui roulait en cadençant un temps indéterminé dans une direction inconnue, et par-delà les vitres des wagons défilaient les splendeurs d'un univers en perpétuelle transformation, reconversion, neuf à chaque regard. Mais le jeune homme n'était pas dupe. Il ne s'agissait que d'un mirage dans un désert de désolation, de deuil amoureux, relevait l'Homme de San Sebastián dans les petits carnets marron tenus par Sébastien Heayes.

J'ai emporté une lettre de toi, Gabrièle, dans ma valise ensanglantée, quand je suis parti pour Barcelone. Pardonne-moi d'avoir l'impudeur de la citer *in extenso* mais c'est que, lorsque je la relis, je sais que nous nous sommes aimés pour de bon, le temps que ça a duré, jusqu'à ce que tu en aies assez de mes frasques, de me déshabiller, de m'enlever mes chaussures, ivre, à deux, trois heures du matin, alors que tu te levais à l'aube pour travailler.

J'ai accroché un fil, dans la chambre que je loue à Mme Lola dans le Born — les anciennes halles de la ville — au coin des rues Comerç et Princesa. Et avec une pince à linge, j'y ai suspendu cette lettre, avec une petite photographie de toi qui me fait mal chaque fois que je la regarde et aussi un livre de Dagerman qui s'intitule *Notre besoin de consolation est impossible à rassasier*. Après ce livre, comme après Kafka, comme après Pessoa, ou après Buzzati, il n'y a plus grand-chose à dire, grand-chose à ajouter, en copiste, scribe, crypto-graphe, *lletraferit*, c'est-à-dire gueule cassée des lettres, on continue, presque malgré soi et sans illusions, à coucher les mots sur le papier.

Je suis assis sur le balcon ensoleillé de la rue

Comerç et je relis ta lettre, pour la douleur, pour le bonheur, pour me remémorer que toi et moi c'était pour de vrai. Je me trouve sur le balcon de la pension. Avec jubilation je contemple l'interminable garde-corps oxydé, noyé de poussière et de pollution, et les arbres au feuillage clair, vert tendre, pluie de Calder monochrome, avec des nuances aussi fines que sont fines les branches, qui semblent de longs doigts d'aristocrate.

Ces doigts de virtuose ondoient sous mes yeux hagards, ébahis du bonheur ou de quelque chose de très proche que j'éprouve. À Barcelone. Depuis mon balcon — jubilation. Où les arbres sont la chevelure hirsute de ma pauvre tête dans les nuages. De ma pauvre tête qui ne veut pas laisser que les morts enterrent les morts. De ma pauvre tête qui se souvient, qui imagine, qui enquête, qui compte l'hécatombe des morts dont je vous ai tant parlé, dont j'ai tant à vous parler.

La voici la lettre, *in extenso*, avec toutes mes excuses.

« Mon chéri,
Une nuit sans toi et déjà cent ans de solitude...
C'est ce que tu m'écrivais au début de nos amours,
et ce que je ressens aujourd'hui.

Tes phéromones me manquent, et aller travailler
sans t'avoir serré dans mes bras me semble relever
de l'hérésie ou de la folie.

Je t'embrasse très tendrement.
À ce soir.

Gabrièle »

Et je comptais les jours depuis notre séparation, je comptais les jours depuis mon départ, comme un prisonnier traçant des bâtonnets sur les murs de la cellule de son âme.

Livré à ma solitude, j'ai d'abord commencé par écumer avec vigueur tous les bars de la ville, à la recherche d'une main tendue, d'un vagin, d'un corps, de lèvres que je puisse embrasser, d'une bouche à qui parler. Je pensais que les serveuses étaient une proie facile, elles étaient tenues par leur métier de vous faire un minimum de conversation. Mes journées, c'est-à-dire mes nuits, commençaient vers seize heures, quand, après avoir petit-déjeuné, m'être lavé, rasé, je parvenais tant bien que mal à m'extirper de ma gueule de bois de la veille.

Je me rendais d'abord dans un bar voisin de la pension, de l'autre côté du passeig del Born, près de la plaça de les Olles. C'était un petit bar d'habitués, tranquille et propre sur lui, où les serveuses étaient rarement des beautés mais se montraient extrêmement aimables. Elles connaissaient vos goûts : un petit sandwich de chorizo et deux verres de blanc. Ensuite, remis d'aplomb, cessant de trembler après ces verres d'alcool, je longeais le paseo Marítimo et passais devant la poste pour me trouver via Laietana, que je remontais sur cinq cents mètres. J'atteignais la carrer de Ferran, sur la gauche de la via Laietana, juste avant le marché Santa Caterina et la place de la Cathédrale.

C'est là que je commençais à proprement parler ma tournée, que j'entamais mon entrée dans la nuit, en plein après-midi. Je débutais à l'accoutumée par le Shilling.

C'était le plus grand bar homosexuel de la cité et je me disais que là j'aurais plus de chance, les filles seraient moins sur leurs gardes dans ce contexte gay. Je buvais quelques verres de vin blanc, puis je passais au gin-tonic : Gordon's, Beefeater, la bouteille verte de Tanqueray, tout sauf le Larios ou le Giro local qui me rendaient malade comme un chien.

J'emportais avec moi et relisais sans cesse une copie de la lettre de Gabrièle, dont je gardais l'original bien à l'abri sur le mur de ma chambre à la pension. Pour le bonheur infini, la peine, la nostalgie. Autant de bonnes raisons de boire.

Après quoi je faisais la tournée des bars de la plaça Reial — un verre dans chaque établissement, il y avait rarement des serveuses dans ces bars-là. Ensuite, le pub irlandais où il y avait une jolie rousse, mais trop occupée par ses compatriotes. Puis je passais une bonne heure au café-cabaret London Bar, carrer Nou de la Rambla, où il y avait une Andalouse sympathique qui supportait avec le sourire de m'entendre déblatérer. Avec toutes les serveuses qui me plaisaient, c'était le même rituel : je leur offrais des fleurs que j'achetais aux vendeurs pakistanais et leur donnais un exemplaire de *Tendre jeudi*, dont j'avais tout un stock, dans l'espoir d'être compris. Et parce que comme Doc — «*lonesome, lonesome, lonesome*» dans son petit laboratoire avec ses poulpes timides ou colériques — je cherchais ma Suzy. Mais les serveuses voyaient que je buvais trop — même si cela me rendait la plupart du temps d'humeur et de commerce sympathiques — et je n'avais du coup aucun succès. J'étais alors suffisamment alcoolisé, désinhibé, et je hélais un taxi sur les Ramblas pour me rendre dans la partie haute de la ville, plus précisément rue Marià Cubí, qui se trouve sur la gauche en remontant la via Augusta, à quelques encablures de l'ancienne boutique d'E., Enrique. Il y avait cinq bordels, ou bars à filles, ou clubs, *puticlubs*, comme on voudra, dans cette rue par ailleurs quelconque et c'est ce qui m'attirait là comme un aimant. Il y avait également des *saunas* alentour, où les filles vous attendaient en petite culotte et où l'on passait directement à l'acte sexuel, sans préambule, sans palabres, mais cela ne m'intéressait pas, même avec les prostituées j'avais besoin de rêver. Pourtant, pour certaines de ces filles, l'acte sexuel sans préalable, sans la prostitution du langage, leur semblait moins avilissant. Je faisais une halte au Mas i Mas, en face de la boîte de nuit *pija* l'Atmosfera, où j'ingurgitais un dernier gin-tonic avant de partir à l'assaut pour finir de me désinhiber, il s'agissait d'un petit bar branché où l'on se serrait comme des sardines dans l'obscurité, au milieu des battements d'une musique tonitruante.

Des cinq bordels de la rue Marià Cubí, j'avais choisi comme quartier général le Preston, pour son entrée discrète avant tout. J'y invitais toutes les filles, les unes après les autres, à boire un verre et j'étais du coup fort bien reçu dans ce bordel tenu par des Galiciens. Je prenais régulièrement une chambre avec des bouteilles de cava et deux ou trois filles, mais si je les caressais un peu, je me livrais rarement à l'acte sexuel. Dans ma naïveté, ma solitude, je cherchais leur sympathie, voire j'espérais les séduire. Je finis par devenir un habitué d'une fille très brune et aux formes généreuses qui se nommait Pepi — diminutif de Josefa —, comme presque toutes les filles de l'établissement, elle traînait derrière elle un historique pathétique dont elle gardait la trace sur le ventre sous la forme d'une entaille au couteau. Très jeune, elle avait vécu un grand amour avec un Gitan, avait eu une fille de lui. Elle avait été marquée au couteau par les frères de son homme qui faisaient tout pour les séparer : elle était une *paya*, et le jeune homme qu'elle aimait avait fini — se refusant à renoncer à cette fille qui n'était pas de sa race — par être enchaîné à un arbre, puis battu à mort. Et les Gitans avaient gardé l'enfant, une petite fille qui avait maintenant quatorze ans. Je donnai de l'argent à Pepi pour qu'elle loue une voiture et engage deux hommes de main, et ils parvinrent à récupérer l'adolescente près de Séville. Il fallait maintenant à Pepi, qui partageait un appartement avec deux autres filles de la nuit, un logement pour elle et son enfant.

Je me portai caution pour un petit appartement de la Barceloneta, l'ancien quartier des pêcheurs. Avec Pepi, au Preston, nous prenions une bouteille, une chambre, elle se roulait un pétard et racontait des anecdotes jusqu'à plus soif comme celle du prêtre qui la bénissait chaque fois avant et après le péché de chair. Parfois, je caressais ses seins ronds et lourds mais nous n'allions pas plus loin. Je voulus lui faire quitter l'univers de la prostitution, où l'alcool menaçait de la tuer, elle avait une précirrhose, et quelques mois plus tard je l'engageai dans le bar que j'avais acheté entre-temps.

Elle m'était très reconnaissante, et là aussi il y avait SOS Amitié.

Parfois, elle venait dans ma chambre de la pension — sous le regard désapprobateur de Mme Lola — et faisait un peu de ménage et repassait mon linge. Elle m'invita même au baptême de sa fille, où je fus présenté à toute sa famille comme son fiancé. Par coïncidence elle connaissait la seule personne avec laquelle je m'étais lié d'amitié dans la pension de Mme Lola, le vieil Isidore qui clamait ses quatre-vingt-deux ans avec fierté, portait jean et baskets ainsi qu'un élégant gilet boutonné sur une chemise toujours blanche.

Il fumait du cannabis avec elle en buvant des bières. C'était un ancien mineur qui payait sa chambre à la pension pour le mois à venir le jour où il touchait sa retraite, et ensuite il dépensait tout son argent dans les machines à sous. Il répétait sans cesse qu'il avait consommé toutes les drogues, même essayé une fois *el caballo*, mais que le pire poison, celui qui faisait le plus de ravages, c'était la cigarette. Et frêle Don Quichotte des Ramblas, il partait en croisade contre la Compagnie nationale des tabacs.

Mais, mis à part le vieil Isidore, on mourait beaucoup près de la plaça Reial, entre la carrer dels Escudellers où j'achetai mon bar et la calle de l'Arco de Triunfo où nous finissions nos nuits au Kentucky, un bar où se réunissait toute la faune des Ramblas derrière un rideau de fer aux trois quarts baissé, lorsque les autres établissements avaient fermé. Le patron du Kentucky engraissait par enveloppes la police pour ces heures d'ouverture prolongée. G., Gino, dealer de cannabis, est

155

mort avant la cinquantaine en me promettant de me rembourser les deux cents euros que je lui avais prêtés avant de qu'il passe *al otro barrio*. C., Carlos, autre dealer, est mort en fumant pétard de cocaïne sur pétard de cocaïne, dans son bar, rongé par le cancer. M., Manolillo, minuscule Andalou édenté d'une quarantaine d'années, qui venait chanter le flamenco dans mon bar et aider à la fermeture contre vingt euros, est mort aussi. Et le jeune A., Angel — finalement, il y a aussi un A, à mon alphabet funéraire —, tenancier de la dernière boîte de strip-tease des Ramblas où nous passions régulièrement boire un verre, est mort aussi, à trente ans, du cancer ou du sida, on ne l'a jamais su. Quatorze dix-huit. Une véritable hécatombe. On meurt tôt dans les bas-fonds, on meurt jeune dans la misère. Je tenais à les citer à mon ordre du mérite personnel quelles que fussent leurs activités, pour mémoire, pour mémoire.

Nous sommes restés bons amis, avec Pepi, Josefa. Nous avions nos morts en commun. Et mes nuits au Preston où je dépensais avec tant de largesse, de frénésie, que l'on m'apportait à souper sur place et où, plus d'une fois, alors que le barman fermait le bordel pour aller toréer nu des *toros* imaginaires sur la plage de la Barceloneta, on me laissait dormir jusqu'à la réouverture de onze heures où je reprenais ma java. Pendant quelques semaines, on peut dire que j'ai vécu dans ce bordel. Et je n'oublierai jamais ce soir où, avec huit filles du club, j'ai été invité dans un discret restaurant galicien où elles avaient leurs habitudes avant de se rendre au travail. Leur tristesse. Leurs visages défaits. Leur lassitude. La misère de leur vie. Malgré le masque dont elles s'affublaient par la suite, j'ai compris qu'on ne pouvait résolument pas les appeler des filles de joie.

Une nuit, après ma virée habituelle — Mudanzas, Shilling, London Bar, bars de la plaça Reial, j'ai glissé encore plus bas dans la ville, jusqu'au déversoir de la carrer dels Escudellers.

C'est là, par hasard, que j'ai découvert Los Álamos qui se trouvait entre le restaurant Los Caracoles et ce qui avait été du temps de Mandiargues le dancing Kit-Kat. Il s'agissait de ce qu'on appelait, toujours du temps de Mandiargues dans *La marge*, une *cafetería*, la dernière du *Barrio Chino* et de toute une époque. De l'extérieur, ce bar avait des allures de bordel, avec les façades vitrées peintes en noir, surmontées d'un liséré or et d'un liséré rouge. Par chance, cette nuit-là, la porte se trouvait ouverte. Le local étroit tout en longueur, comme le comptoir, avec des tabourets fixés au sol à vingt centimètres les uns des autres. Et un globe de miroir à facettes qui tournoyait au plafond. Et sur un tabouret, il y avait un petit moineau blond, aux cheveux courts, une ravissante poupée russe. Je ne résistai pas une seconde et entrai. J'étais le seul client, elle était la seule fille. La soirée commençait et s'animait plus tard. Les autres filles — elles étaient six à y travailler — allaient bientôt arriver. Il ne s'agissait pas d'honnêtes prostituées mais d'entraîneuses. Elles vous poussaient à boire, à leur offrir des coupes que vous payiez cinquante euros pour leur compagnie, et elles vous écoutaient et, au besoin, vous faisaient la conversation. Je payai un verre au moineau russe, qui en réalité venait de Lettonie, et commandai un gin-tonic. Nous bavardâmes agréablement un moment et la patronne du local se joignit à la conversation en me flattant. Los Álamos était tenu par Sarah, la mère maquerelle des mots. Il s'agissait d'une septuagénaire qui était une boule de nerfs, ne tenant pas en place derrière son comptoir qu'elle astiquait régulièrement, les cheveux peroxydés blond platine, de petite taille, trapue, et qui tenait toujours une batte de base-ball à portée de main au cas où un *puto Moro*, un putain d'Arabe, essayerait de s'aventurer dans son antre. Elle parlait d'abondance, regrettait le temps de Franco quand elle-même travaillait comme entraîneuse dans la *cafetería* et que s'écoulaient les beaux jours où les escadrons de marines déboulaient par paquets. Dans sa bouche, le discours du Front national passerait pour un discours d'enfant de chœur. Je n'ai pas eu le temps d'offrir des fleurs et *Tendre jeudi* au moineau blond qui se nommait Lana parce que, accompagnée de deux autres filles, Ludmilla a fait son apparition. Elle était élégante, dans sa tenue de ville, sa silhouette tout en longueur avec ses jambes sans fin. Elle se tenait et marchait droit comme un *i*, ce qui lui donnait un petit air hautain qui semblait dire « je n'ai rien à faire ici ». Lorsqu'elle passa près de moi, pour aller se changer dans le réduit qui se trouvait au fond à droite de l'établissement, je fus ébloui par ses yeux vifs, légèrement bridés, couleur miel ou plutôt couleur ambre, ses pommettes saillantes, sa bouche pulpeuse. Ce fut un coup de foudre. Et dès qu'elle réapparut, dans sa tenue sexy de pute du verbe, je l'invitai à boire un verre. Et je lui racontai ma vie, ma vraie chienne de vie. Je voulais lui faire entendre que j'étais un client différent. Que c'était l'amour et non pas une passe, tirer un coup, que je cherchais de bistrot en bistrot, de bouge en bouge, et maintenant ici à Los Álamos, dans le cadre en bois où étaient accrochés tous les insignes de marines américains du temps jadis qui avaient fait la java ici, aux beaux jours de Sarah. Elle se montrait aimable mais sur ses gardes. Elle s'était promis de ne jamais sortir avec un client. Ce soir-là, nous bûmes beaucoup de martini-vodka, jusqu'à la fermeture, et l'ivresse nous rapprocha. Je lui offris des fleurs, comme de bien entendu, ainsi que *Tendre jeudi* avec l'intense espoir d'être entendu.

À vrai dire, dans son adolescence, elle avait lu presque tout Steinbeck, cela nous faisait un ami commun. Elle m'apprit qu'il avait fait un voyage en Russie communiste dont il avait tiré un journal fort intéressant.

Je lui proposai d'aller boire un dernier verre au Kentucky, après la fermeture, mais elle refusa sèchement. Je lui promis que je reviendrais le lendemain dès l'ouverture pour la voir car elle me manquait déjà et elle sourit et répondit : « Hasta mañana... », en me gratifiant d'un précieux baiser sur la joue.

Nous étions au quatre-vingt-dixième jour de notre séparation, Gabrièle, et pour la première fois mon âme se sentait revivre, extirpée par Ludmilla de la boue de la désolation et du désespoir.

Mais, à ce moment de répit, cette perspective d'un nouvel horizon fut, dès le lendemain, brouillée par ta prose précise, Gabrièle.

Et j'ai reçu ta gueule, dans la lettre.

Ta lettre, dans la gueule.

Plein les gencives, comme on dit.

Qu'est-ce qu'elle disait, la lettre?

Que tu fréquentais des lesbiennes.

Que malheureusement elles se déguisaient en mec.

En somme, je sais, ce n'était pas la rousse pulpeuse dont tu rêvais. Et moi à tes côtés.

Alors j'ai pris ma moto. Et j'ai parcouru la ville. De bas en haut. De haut en bas. Tu flottes. Tu as l'impression de voler.

C'est con, mais c'est comme ça, c'est vrai.

Et tu crois que tu échappes à la douleur, incandescente, toujours. Mais tu as envie de crever à chaque carrefour.

De manière obscène.

Un autre accident de la circulation, en définitive.

Alors j'ai pris ma moto, un soir. Et je suis retourné, plus sérieusement, dans la boîte de transsexuels, de l'autre côté des Ramblas. Là où il y avait un homme, si belle, un autre soir.

Cheveux châtains. Les mollets, peut-être, et eux seuls, pas assez, pas aussi féminins.

Je sais, c'est mesquin. Mais on se défend comme on peut. À qui mieux mieux. La politique de la douleur. Il faut une autre douleur pour anesthésier la vieille, l'incandescente.

Il faut appuyer, brûler là où ça fait mal, c'est comme ça. À qui mieux mieux.

Heureusement, il y a les nuits.

Dans la boîte de jazz, sous les longs palmiers de la plaça Reial, au Jamboree, un organiste blanc, mais aveugle tout de même, joue comme Jimmy Smith.

Mais pas ce soir.

On hésite devant la porte en verre noir, à côté du videur. On écoute. La musique qui a du mal à grimper les marches. Ce n'est pas le type qui joue comme Jimmy Smith qui se traîne ainsi dans l'escalier.

Aussi, il s'est dit, Sébastien Heayes, que pour aller au débit de paroles, au bordel à mots, la boîte de jazz ne convenait pas. Il risquait de se ralentir. De ne plus continuer sur sa lancée.

Les Russes, celle d'Estonie, celle de Lettonie, si belle, intelligente, cultivée, élégante, elles aussi pour sûr le ralentiraient dans la soif de destruction qui le gagne. L'existence redevient intolérable et son besoin de consolation est impossible à rassasier.

Voilà, il va répondre, il répond à sa lettre.

Il prend la vie comme il l'entend.

Flanc contre flanc.

Une main sous son sein droit. Une autre sur le pubis.

Et puisque ce n'est plus possible (plus plausible, se dit Sébastien Heayes), tout ça, c'est perdu, paumé en cours de route, au cours de cette affreuse guerre mondiale, il faut rester à Barcelone, y déchoir, y souffrir.

Une autre manière de passer un hiver à Lisbonne. Avec des vues sur le Tage.

Y écrire des cartes postales.

Et puis des lettres.

Et pour l'enculer, la vie, si ça se présentait.

L'image de l'Archange Gabrièle sur les rochers rougeoyants, entre deux plages de la petite île, l'obsédait.

Et là ça se présentait plutôt bien, pour se noyer et l'enculer, la vie.

Sébastien Heayes resta trois jours enfermé dans sa chambre de la pension à la suite de cette lettre. À boire son fameux cocktail, le tueur d'Anges, martini-coca-vodka, à se convaincre d'oublier Gabrièle dont le fantôme le hantait avec férocité. Il n'avait pas même la force de sortir sur son balcon — jubilation. Il demeurait couché, en ce quatre-vingt-treizième jour, en se répétant qu'il fallait l'oublier, oublier le parfum enivrant de son sexe, les larges aréoles de ses seins, tourner la page, penser à Ludmilla, se concentrer sur elle pour y accrocher son cœur et son âme. Mais il ne sentait plus son cœur, il ne percevait plus son âme, seulement la peine capitale, la jalousie, la nostalgie.

Il contemplait la photographie en noir et blanc, un soir de Noël où tard dans la nuit il s'était échappé de son Aube pour rejoindre Gabrièle à un autre réveillon : elle tend ses minces lèvres vers moi avec quelque chose qui ressemble à de la passion, à de l'amour, à du désir, à une sincère affection.

Et maintenant plus rien. Seulement la trace des brûlures sur la main, semblables à celles que sa mère avait sur tout le corps à la fin de sa vie et que Sébastien Heayes découvrit avec stupéfaction un jour où elle retira son peignoir pour se montrer nue à lui, pour lui montrer son corps bleui, constellé d'ecchymoses, roué de vrais coups aussi.

Et il y a aussi cette photo que Sébastien Heayes garde dans son portefeuille, toujours sur lui. Elle a été prise sur la petite île, dans le chemin qui va de Cala Mitjana et son eau turquoise à Mitjaneta. C'est lors de ce parcours à travers les broussailles que l'Archange Gabrièle accepta — lui proposa? — de saisir cette image où, adossée à un pin, elle soulève sa robe noire et lui montre son sexe, sa toison qui est un voile blond vénitien. Gabrièle rit aux éclats. Il entend aujourd'hui résonner ce rire jusqu'à lui, alors le cœur brûlant, ardent de désir, il lèche la photo et la déchire en mille morceaux.

Heureusement, au quatre-vingt-quatorzième jour, il tombe sur un livre de Nabokov dans la petite bibliothèque qu'il s'est composée, livre après livre, dans la chambre de la pension : il lit le court récit avec plaisir, mais ce qui le fascine, c'est la couverture, avec une beauté russe, aux pommettes saillantes elle aussi. Elle ne ressemble pas à Ludmilla qui est tatare, mais l'image réveille cette flamme-là, l'élan pour Ludmilla éclipsé par la lettre de Gabrièle. Alors enfin, il se lave à nouveau, se rase, s'habille de son mieux et reprend sa tournée habituelle, après avoir bu du café plutôt que le tueur d'Anges.

À dix heures pétantes, il est devant le store de Los Álamos, certainement ridicule et déplacé avec son superbe bouquet de fleurs. Il attend. Sarah arrive enfin et le fait entrer. Et à dix heures trente, Ludmilla arrive, toujours aussi élégante et ravissante. Elle va se changer puis revient s'asseoir directement à côté de lui et ils réattaquent au martini-vodka. Régulièrement, à la demande de Ludmilla ou des autres filles, Sébastien Heayes va mettre des pièces dans le vieux juke-box et il fait jouer les boléros ringards que Maruja lui réclame, du Julio Iglesias pour la mère maquerelle, du Sabina pour lui et, invariablement, *The Lady Is a Tramp* par Sinatra à l'intention de Ludmilla.

L'Homme de San Sebastián, assis à son bureau face à la mer, continue de lire les innombrables petits cahiers marron. Et il note qu'il a fallu deux mois de fréquentation assidue, quotidienne, deux mois de bouteilles de champagne qu'il a demandé à la patronne de commander, de martini-vodka, de vrais bouquets de fleurs que Ludmilla, à son grand désarroi, persistait à laisser dans le local et beaucoup de livres pour se connaître à travers les auteurs, pour parvenir à arracher à la jeune femme, à la fin d'une nuit âprement arrosée, un baiser. Durant tout ce temps, après lui avoir raconté tous les détails de sa pauvre vie, alors que Ludmilla demeurait toujours secrète et réservée, Sébastien Heayes lui a beaucoup parlé de Doc, et de son père avec qui il s'entretenait en tête à tête quand il vaquait dans les bordels de la partie haute de la ville, et de sa condition de *lletraferit*, et de sa condition romanesque aussi.

Au sujet de Doc, il lui disait qu'il aurait bien traversé l'Atlantique, traversé l'Amérique, pour le rencontrer. C'était son ami, le plus intime depuis tant d'années, depuis le jour où il ouvrit *Tendre jeudi*, sur une plage déserte de Californie, à quelques kilomètres de Monterey, avant que tous les malheurs s'immiscent, s'invitent dans sa vie. Doc et son petit laboratoire biologique. Doc et son ami Mack et les autres *bums* qui voulaient l'aider à se tirer de sa paisible tristesse. Il rêvait de pouvoir converser avec lui, face au soleil couchant, assis sur les marches de son laboratoire en buvant des bières et du Old Tennis Shoe. Mais Sébastien Heayes, dans son ivresse, s'ouvrait à Ludmilla de son inquiétude s'il avait pu réellement rencontrer Doc. Comme il est difficile de parler. Comme il est délicat de parler quand on a vraiment quelque chose à se dire. Quelle impudeur. Ces mots sincères, c'est comme si l'on tombait de manière subite dans les bras l'un de l'autre, comme si l'on embrassait un inconnu. Trop d'effusions! On est nus! On se caresse dans le sens du poil. On ne se cache rien. On livre son âme. Et après, avec toute cette sincérité, qu'est-ce qu'on fait? Cela peut ressembler à la gêne qui vous gagne au réveil lorsque vous avez fait l'amour avec une femme que vous n'aimez pas vraiment. Vous avez hâte qu'elle se rhabille. Qu'elle parte. Mais avec Doc, que faire avec ce trop-plein d'amour? La rencontre de deux hommes — Sébastien Heayes pense aussi à son père quand il pense à Doc —, la rencontre de deux âmes, c'est comme deux silex que l'on frotte et entrechoque, il en surgit une flamme, extrêmement fugitive, un court et vif embrasement et l'on demeure ébahi, ne sachant plus que faire face à cet éclat de feu. Alors on repose les deux silex, les deux pierres sur le sol, et le silence vous gagne. Et Sébastien Heayes pense à la tendresse des pierres. *La tendresse des pierres*, le titre original, le premier titre de *La vie devant soi* — la tendresse pierre, Sébastien Heayes pèse et soupèse ces mots, il cherche à en prendre la mesure, la portée; il les observe ces mots. Il voudrait en quantifier tout l'amour et le désarroi qu'ils recèlent. Et il s'incline, chapeau bas, avec respect devant son père. Mais immédiatement un cri de colère survient à sa bouche. On ne peut pas survivre autrement. Alors Sébastien Heayes retourne sa pensée vers Doc, qui va trouver sa Suzy, comme lui aussi Sébastien va la trouver, il l'a déjà trouvée sans doute, il regarde Ludmilla et lui dit :

— Doc est de plus paisible compagnie.

Sébastien Heayes se tait un instant, livré à la nostalgie, la nostalgie à fleur de peau, la nostalgie comme un papillon de nuit irrésistiblement attiré — attisé — par la lumière qui le consumera.

À ce long discours toujours sinueux, Ludmilla, toujours posée, répond :

— Nos meilleurs amis sont dans les livres. Il vaut mieux qu'ils y restent pour ne pas avoir à se salir les mains.

Et Sébastien Heayes se met à penser à Janeck dans *Éducation européenne*, à Ludovic des *Cerfs-volants*, qui sont comme des frères pour lui. Et il raconte à Ludmilla qu'il a dix ans pour l'éternité dans *Chien Blanc* où son père écrivait que petit garçon il avait avalé un mètre à ruban car il avait déjà le goût de l'introspection. Et il lui explique que *La vie devant soi*, c'est à maints égards son histoire d'amour avec Eugénie et l'utilisation romanesque de son secret le plus intime révélé par Eugénie sur son lit de mort. De même, poursuit-il, il avait des accointances avec Jeannot, de *L'angoisse du roi Salomon*, qui va de M. Salomon à Mlle Cora, comme il allait de son père à sa mère, *go between*, intercesseur entre eux, les dernières années.

Ludmilla et Sébastien boivent maintenant le Veuve Clicquot que Sarah lui fait payer un prix exorbitant, et toujours le martini-vodka pour s'enivrer plus vite, plus loin, plus fort et de plus en plus régulièrement, même si la jeune femme ne rapatrie toujours pas les fleurs chez elle, les soirées se terminent par des baisers, des baisers modestes mais doux, posés sur le bout des lèvres. Nous sommes au cent cinquante-troisième jour de notre séparation, Gabrièle, et mes yeux s'ouvrent à nouveau sur le monde, je n'ai plus le sentiment d'être derrière la vitre d'un aquarium obscur, et les bâtonnets que je trace sur la page de mon âme sont de plus en plus courts, minces et évanescents. Tu t'étioles, mon ange, ma douleur.

Mais voilà que Sarah annonce que c'est le dernier verre avant la fermeture, le dernier verre avant la solitude, parce que malgré tes baisers soyeux tu te refuses toujours à te donner, à te livrer à moi. Alors, tandis que mon éthylisme me conduit à te dire que dès le début de ma vie j'étais romanesque, oui, la condition romanesque plutôt que la condition humaine, par naissance, par essence, par nécessité, qu'il me fallait tout voir sous le prisme des romans à venir pour endurer ma jeunesse et les blessures de mes parents, par aisance aussi, un peu, que j'essayais d'écrire des livres, des poèmes depuis que j'avais quinze ans, que j'avais mon père derrière moi, avec toute son œuvre, ses déguisements, ses pseudonymes, ses éclairs de génie, ses coups d'éclat, ses coups de gueule — contre moi aussi, parfois, terrifiants — oui, je lui disais que j'appartenais d'office à la condition romanesque et que dès lors rien de ce qui était humain, même le plus affolant, le plus noir, ne m'était étranger, voilà que la mère maquerelle voulait me couper le sifflet alors que je te livrais le plus intime de moi-même. Je fus pris d'une colère titanesque — digne de mon père —, envoyai mon verre valser et la bouteille de champagne avec lui et je me mis à gueuler, en français :

— J'aime pas les jolies phrases, les bien faites, les coquines, qui montrent jarretelles et frou-frou, les coquettes, si bien roulées qu'elles roulent tout le monde et laissent croire qu'il y a espérance de vie. À boire ! criai-je tandis que tu essayais de me calmer avec tes premiers, tes précieux « *cariño, cariño* ».

C'était la première fois que j'entendais ces mots doux dans ta bouche, « *cálmate* », et je gueulai de toutes mes forces :

— Il pleure dans mon cœur comme il pleut sur la ville, et grands bois, vous m'effrayez comme des cathédrales, et le ciel est, par-dessus le toit, si bleu, si calme, et je fais souvent ce rêve étrange et pénétrant d'une femme inconnue, et que j'aime, et qui m'aime...

Et Ludmilla coula un baiser, un vrai, sur ma

bouche pour me faire taire. Triomphe! Et cette nuit-là, elle accepta de venir avec moi, et nous fîmes l'amour, et le long *i* se cambrait dans mes bras, elle écartait le grand V de ses jambes, le grand X de son corps tout entier offert, le S majuscule quand je la prenais par le côté, le O gourmand de sa bouche sur mon sexe. Elle se donnait dans toutes les postures de l'alphabet avec des baisers comme une marée montante, des élixirs contre la douleur, contre la vie dans sa chiennerie, contre la mort, et ce fut une nuit blanche, ardente et lumineuse, son corps et son cœur entre mes bras.

Et chaque fois après l'amour, quand nous nous tenions enlacés, la main dans la main, ce qui était le plus précieux pour moi : cette main serrée qui m'arrimait au monde, comme toujours lorsque je suis heureux, comblé, je voyais défiler des tableaux magnifiques, aux nuances et aux traits vifs et subtils, et enfin je sentais la paix.

Après cette première nuit d'amour, les événements s'accélérèrent.

Elle accepta de venir passer une semaine avec moi dans la blanche maison de la petite île. C'était au mois de mai. Les pâturages et les vallées de l'île étaient encore verts mais l'on pouvait commencer à se baigner dans ses eaux translucides. Il n'y avait personne sur les plages où j'avais été heureux avec Aube, avec l'Archange Gabrièle, je fus heureux avec elle, dévorant son visage des yeux et stupéfié par la grâce de sa silhouette. La voir en maillot de bain pour la première fois fut comme une révélation. Je revenais à la vie, à la réalité, je n'avais plus besoin de noyer mes fantômes anciens, le souvenir de Gabrièle — oui, elle devenait un souvenir et non plus une plaie à vif — dans l'alcool. Contempler Ludmilla me rassérénait et me rendait heureux.

Elle pleura à la fin de notre court séjour, lorsque nous quittâmes la petite île. Ludmilla, de fait, était prisonnière de Sarah, la mère maquerelle. Elle n'avait pas de papiers et cette dernière menaçait de la dénoncer à la police si elle quittait son établissement.

Une solution s'imposa à moi : lui racheter son bordel. C'était le prix à payer et c'est ce que je fis, pour un montant faramineux évidemment, mais cela me permit de garder Ludmilla. De Los Álamos, cette *cafetería* dans un caniveau, je décidai de faire un bar à cocktails. Sans doute aussi en souvenir de ma mère qui m'avait appris durant mon adolescence à mélanger toutes sortes de boissons, jus de fruits et alcools, pour son plaisir personnel. De la même façon qu'elle donnait la réplique, offrait des cours de théâtre dans son appartement à de jeunes comédiens, de même elle leur apprenait à concocter des cocktails, car elle ne leur cachait pas le rude et incertain parcours qui les attendait.

La première chose que je fis, après m'être battu à mort contre les cafards géants qui peuplaient l'établissement, ce fut d'enlever au dissolvant, en frottant de toutes mes forces, la peinture noire, le liséré rouge, le liséré or de l'ancienne façade en verre. Je voulais que le nouveau Los Álamos fût transparent.

Nous y vécûmes des moments joyeux, violents, insolites, étant parfois aussi éméchés que la faune hétéroclite que nous avions pour clientèle. Mais peu importe, nous étions deux, nous étions main dans la main, à faire face, derrière le long comptoir en bois. Nous n'endurâmes cette vie que pendant un an, avant de mettre le bar en gérance et envisager de retourner à Paris où la nuque blonde de Gabrièle ne me menaçait plus à chaque coin de rue. Durant cette année folle dans cet égout, ce ruisseau, je me disais, fantasmais :

« On m'appelle le Matamore. Quand la nuit tombe, elle tombe à mes pieds ! Quand le soleil se lève, il me demande la permission ! Les étoiles me redoutent, tant j'ai le bras long ! et les nuits d'été, que je fais durer à ma guise, elles semblent ne briller et palpiter que pour moi, réchauffant mon cœur du souvenir des amitiés perdues, en chemin.

« Je ne suis pas né de la dernière pluie.

« Là, tel que vous me voyez, vêtu de lin, vêtu de blanc, je ne suis qu'un avatar, le dernier cri, mais je prends cela avec philosophie, chacun son tour, le dernier cri : mais moi, le Matamore, je ne compte pas lâcher le morceau, le bout de vie, le morceau de viande, je m'y accroche de toutes mes dents, de toute la haine de ma mâchoire — de ma mémoire. Mais moi le Matamore, vêtu de lin vêtu de blanc, je déchiquette la chair sanguinolente qui pourrit et brille, sous la lune, dans cette ruelle étroite, la chair qui brille dans son caniveau d'urine.

« Je mords. Ainsi je vis. »

Il faut dire que l'année passée à Los Álamos fut particulièrement mouvementée — en dehors même des conflits qui se déroulaient dans le bar. Toutes les nuits on volait les touristes qui s'étaient aventurés dans le restaurant Los Caracoles. L'un d'entre eux fut retrouvé mort, d'un coup de couteau, de *navaja*, baignant dans son sang pour ne pas avoir voulu donner son portefeuille à cinquante mètres de notre entrée. Un vendeur de kebabs fut assassiné d'un coup de tabouret dans son modeste établissement par un ivrogne. Chaque soir, des rixes éclataient dans la rue entre dealers concurrents. La police laissait la carrer dels Escudellers à l'abandon, comme cause perdue. Moi-même, je vécus des moments de grande violence dans mon bar. Je ne les regrette pas. J'en ai même parfois la nostalgie, quand le quotidien vient frapper trop brutalement à ma porte, dans mon appartement d'une petite rue paisible du VIIe désormais, où je vis avec Ludmilla, main dans la main. Un article diffamatoire, une atteinte à la vie privée des morts dans une biographie et je me sens prêt à revêtir mes oripeaux et ma hargne de Matamore, à enfiler les gants, ou même à poings nus, c'est mieux, ça fait encore plus mal. Oui, à Los Álamos, dans ce ruisseau, cette fange, le gentil petit garçon de la rue du Faubourg-Saint-Germain, timide et complexé, mais bouillonnant de rage à l'intérieur, une rage qui l'effrayait et le contraignait à se montrer encore plus docile pour la contenir, Sébastien Heayes a pu vivre, exprimer, expérimenter sa haine, sa haine à l'état pur.

J'avais la haine depuis si longtemps, j'avais la haine, et elle s'est exprimée pleinement.

Plénipotentiaire la haine.

J'ai beaucoup appris à Los Álamos, dans la pire et la plus puante des ruelles de Barcelone.

Paris, le Landernau littéraire, République des Lettres qui n'est qu'une compagnie d'ascenseur, le parisianisme, le respect écrasant dû à l'image et à la mémoire de mes parents qui me paralysait, ne me fait plus peur.

Je n'ai plus peur de rien. Pas même d'écrire.

Ce n'est que si la femme que j'aime me lâche la main, le sexe, que je suis en perdition. J'avais payé mon tribut à la mémoire d'E., Eugénie, E., Enrique, R., Rosendo.

J'emportais de nouveaux morts avec moi — les noceurs et les revendeurs du *Barrio Chino* qui est en train de disparaître et dont j'ai moi-même clos le dernier bordel à mots. Mais ce que j'emportais de plus précieux, c'était bien entendu Ludmilla et sa promesse d'avenir — l'espérance d'une vie.

L'Homme de San Sebastián a fini de compulser les petits carnets marron, de compter les jours, les bâtonnets tracés. Soudain, sous sa plume, le nom de Sébastien Heayes se met à diminuer, à rétrécir. Il devient Sébastien Heaye. Sébastien Heay. Sébastien Hea. Sébastien He. Sébastien H. Puis le patronyme disparaît tout à fait.

Reste Sébastien.

Et l'Homme de San Sebastián se sent gagné par l'angoisse. Le prénom s'étiole, s'estompe aussi. Sébastie. Sébasti. Sébast. Sébas. L'angoisse monte. La peur, la terreur de la mort le saisit. Séba. Séb. Arrivé à Sé, il jette sa plume sur la table. Il se refuse à ce que Sébastien Heayes devienne un simple S. et entre dans son panthéon. Son alphabet funéraire. Il redoute de périr avec lui. Il veut le laisser profiter de l'alphabet lumineux, de l'alphabet amoureux de Ludmilla. Il sentait que son séjour à San Sebastián touchait à sa fin mais il ne pensait pas que les événements se dérouleraient si vite, qu'ils allaient se précipiter.

Il regarde l'heure. Il est six heures moins le quart.

Il endosse avec empressement son pardessus, toujours en proie à l'anxiété. Le ciel est gris dehors mais il ne pleut pas. Il se tient au pied des deux horloges. Des gens se retrouvent, s'embrassent, se donnent l'accolade, se serrent la main. Il est six heures. L'angoisse et l'impatience sont à leur comble dans le cœur meurtri de l'Homme de San Sebastián. Puis subitement son visage s'illumine. Un jeune homme de vingt-cinq ans en parka de cuir marron, mince, aux longs cheveux châtains, aux yeux bleus bien sûr, s'approche sur le paseo de la Concha, vers les deux horloges. L'Homme de San Sebastián se dirige vers lui. Il lui prend la main avec affection, la serre avec force et enfin rasséréné lui dit :

— Je suis l'Homme de San Sebastián. J'ai été David Alejandro...

Et « Sébastien Heayes », est-il sur le point d'ajouter, lorsque le jeune homme l'interrompt pour lui répondre :

— Je suis Sébastien Heayes.

— Asseyons-nous sur un banc, rétorque l'Homme de San Sebastián, nous avons tant de choses à nous dire.

DU MÊME AUTEUR

Aux Éditions Gallimard
S. OU L'ESPÉRANCE DE VIE, 2009 (Folio, n° 5147)

COLLECTION FOLIO

Composition Graphic Hainaut
Impression Novoprint
à Barcelone, le 03 octobre 2010
Dépôt légal : octobre 2010

ISBN 978-2-07-043796-2./Imprimé en Espagne.